I0562407

NOTICE HISTORIQUE

SUR LA CONGRÉGATION

DES SŒURS DE LA PROVIDENCE

DE GAP

PAR LOUIS OEUF

ANCIEN VICE-PRÉSIDENT DU CONSEIL DE PRÉFECTURE
DES HAUTES-ALPES

PRIX : 2 FRANCS

Au profit de l'Orphelinat et de l'Institut des Sourds-Muets

LYON

IMPRIMERIE PITRAT AÎNÉ

4, RUE GENTIL, 4

1889

NOTICE HISTORIQUE

SUR LA CONGRÉGATION

DES SŒURS DE LA PROVIDENCE

DE GAP

I d 139
10

NOTICE HISTORIQUE

SUR LA CONGRÉGATION

DES SŒURS DE LA PROVIDENCE

DE GAP

PAR LOUIS OEUF

ANCIEN VICE-PRÉSIDENT DU CONSEIL DE PRÉFECTURE
DES HAUTES-ALPES

DÉPOT LÉGAL
Rhône
n° 455

PRIX : 2 FRANCS

Au profit de l'Orphelinat et de l'Institut des Sourds-Muets.

LYON
IMPRIMERIE PITRAT AÎNÉ
4, RUE GENTIL, 4

1889

LETTRE

DE

MONSEIGNEUR L'ÉVÊQUE DE GAP

Serres, 4 juin 1889

Monsieur,

Malgré mes nombreuses occupations j'ai eu un vrai plaisir à parcourir les pages que vous avez consacrées à raconter les origines de la Congrégation des Sœurs de la Providence de Gap; la notice de mère Elisabeth me paraît écrite par le cœur et par la reconnaissance. Vous avez été en cela l'interprète d'une ville qu'elle a édifiée et pour laquelle elle s'est dévouée.

Faut-il vous en féliciter, Monsieur? Assurément. Mais il se mêle, pour vous, à ce travail, tant de tristes souvenirs, tant de déchire-

ments de cœur que je n'ose insister. Pou-
viez-vous mieux occuper les loisirs de votre
âme en deuil, que de chercher à travers tant
de vertus, de dévouements et de sacrifices, la
vraie voie de ceux qui vont à Dieu? C'était
vous rapprocher par là, des chères âmes que
votre cœur pleure toujours, les retrouver en
quelque sorte; c'était y puiser du moins la
fermeté et la confiance que donnent les espérances immortelles.

Soyez donc béni et consolé par le Seigneur
qui est le Dieu de toute consolation. Je le
supplie de rendre à votre âme tout le bien
qu'elle fera, par cet écrit, aux bonnes sœurs
de la Providence. En leur rappelant ce que
furent leurs premières mères, elles seront par
là portées à marcher sur leurs saintes traces.

Veuillez agréer, etc.

BERTHET,
Évêque élu de Gap.

Les documents sur lesquels repose la présente notice ont été réunis et mis à notre disposition par une Sœur de la Providence dont nous regrettons de n'être pas autorisé à faire connaître le nom. Mais nous nous faisons un devoir, en la remerciant de son extrême obligeance, de lui attribuer la part importante qui lui revient dans ce petit livre. C'est pour répondre à un désir bien souvent et bien vivement exprimé par la vénérée Mère Marie-Élisabeth qu'il est écrit; puisse t-il, selon le vœu de la sainte femme, perpétuer le souvenir de tout ce qui se rattache à l'œuvre d laquelle fut consacrée sa vie entière. Puisse-t-il plus encore, selon son but et ses espérances, maintenir toujours dans sa chère maison, avec le pieux souvenir des premières ouvrières. la généreuse émulation d'imiter constamment leur charité, leur dévouement, leurs vertus.

12 janvier 1889.

M. L'ABBÉ MOYE

Au commencement du siècle dernier, il existait à Cutting, petite bourgade du diocèse de Metz, une modeste mais très honorable famille, dont Jean Moye était le chef.

Jean Moye exploitait lui-même son petit domaine en même temps que le brevet de maître de poste dont il était pourvu. De son mariage avec Catherine Demange, il eut treize enfants, parmi lesquels Jean-Martin Moye, né le 27 janvier 1730.

La nombreuse famille grandissait sous l'œil paternel, recevant, quant à l'éducation et à l'instruction, tous les soins que comportait la modeste aisance de la maison.

Jean-Martin Moye, le seul dont nous ayons à nous occuper ici, fut l'objet cependant, sous ce rapport, de sacrifices tout particuliers ; il y eut à cela deux raisons : d'une part, le jeune Moye montra de très bonne heure un goût prononcé pour l'étude, beaucoup d'application au travail et un grand désir d'apprendre ; d'autre part, sa mère, avant de le mettre au monde, avait eu un songe qui l'avait impressionnée beaucoup. Pendant ce songe, elle avait entendu une voix lui annonçant que l'enfant auquel elle était sur le point de donner le jour serait un saint qui marquerait son passage sur la terre par de grandes œuvres agréables à Dieu.

Quoi qu'il en soit, l'enfant fut placé à Pont-à-Mousson, dans une institution dirigée par les jésuites, et plus tard à Strasbourg, sous les mêmes maîtres. Il fit de très bonnes études au cours desquelles il manifesta souvent son intention de se vouer au sacerdoce.

La vocation précoce du jeune Moye ne devait pas se démentir ; ses études classiques achevées, il entra au grand séminaire de Saint-Simon, à Metz.

L'abbé Moye y apporta plus qu'une application constante, il y apporta un zèle soutenu qui ne tarda pas à appeler sur lui l'attention et l'affection de ses professeurs.

Ordonné prêtre le 9 mars 1754, il fut aussitôt après attaché au clergé de Metz, en qualité de vicaire de la paroisse de Saint-Victor d'abord, de Sainte-Croix ensuite. Le dévouement avec lequel il remplissait son ministère, son mérite personnel, ses vertus lui concilièrent promptement l'estime et l'affection de tous ceux qui l'approchaient.

M. Bourg, membre du chapitre, s'adonnait avec un grand zèle à la prédication ; il consacrait la plus grande partie de son temps à donner de fréquentes retraites dans le diocèse. L'abbé Moye lui offrit son concours autant que ses propres occupations pourraient le lui permettre, et ce concours fut accepté avec empressement. C'est ainsi que le jeune vicaire fut mis à même de voir de près l'état de délaissement dans lequel se trouvaient les campagnes sous le rapport de l'instruction des enfants.

Grâce aux efforts des congrégations reli-

gieuses, et notamment de celle de Notre-
Dame, les villes et les bourgs importants de
la Lorraine voyaient chaque jour se réparer
à cet égard les ruines accumulées par les
longues guerres dont elle avait eu tant à
souffrir. Mais cette congrégation vivait sous
la règle de la clôture et il fallait venir à elle
chercher le remède qu'elle ne pouvait elle-
même porter au dehors.

C'est dans ces circonstances que M. l'abbé
Moye conçut le généreux dessein d'aller
prendre corps à corps l'ignorance et le délaissement moral sur leur terrain même, c'est-à-
dire dans les campagnes, et de les y poursuivre jusque dans les hameaux les plus
reculés.

Il lui fallait pour cela le concours d'âmes
assez fortes pour braver toutes les privations,
assez confiantes, assez résolues pour n'attendre rien que de la Providence. Confiant lui-
même dans ces paroles que le Christ adressait aux apôtres en les envoyant prêcher les
nations : *Il leur commanda de ne rien
porter en chemin qu'un bâton, de n'avoir*

*ni sac, ni pain, ni argent dans leur
bourse*[1], il ne désespéra pas d'en trouver ;
l'avenir devait prouver que sa confiance
n'était ni vaine ni téméraire.

Le jeune abbé mûrissait dans le secret de
ses méditations le plan de l'œuvre qu'il
avait à cœur d'entreprendre. Il lui opposait,
lui-même toutes les objections ; il accumulait
contre elle tous les obstacles, les plus proba-
bles comme les plus chimériques ; et lorsque,
après huit années de réflexion, il crut ne
plus devoir fermer l'oreille à la voix intérieure qui lui criait : *Marche, Dieu le veut !*
il s'en ouvrit à son évêque et, peu après,
quelques pieuses filles, formées par lui, mettaient le pied sur le sentier étroit qu'il leur
indiquait. Les premières écoles furent ouvertes à Vigy et à Béfey, à quelques lieues
de Metz, le 14 janvier 1762.

Nous ne décrirons pas tout ce que les premières adeptes eurent à souffrir de privations inouïes. L'entreprise, elle-même, eut à

[1] *Marc*, VI, 8.

subir les plus rudes épreuves. Approuvée
d'abord par l'autorité diocésaine, l'approbation lui était retirée dès ses premiers pas,
puis enfin définitivement concédée. Critique,
sarcasmes, railleries, rien ne fut épargné à
l'abbé Moye, non plus qu'à ses chères filles.
Et tandis qu'il se proposait de les appeler
Pauvres Sœurs ou *Sœurs de l'enfant Jésus*,
— *Sœurs du hasard, Sœurs qu'en ferons-
nous*, disait on en parlant d'elles.

Ce n'est ni de la raillerie des malveillants
ni de leur fondateur qu'elles devaient tenir
leur nom, c'est de leurs propres œuvres
qu'elles devaient recevoir le baptême ; les
populations, témoins de leur abnégation et de
leur dévouement, les appelaient *Sœurs de la
Providence ;* c'est ce nom qui a prévalu.

La congrégation naissante avait reçu la
consécration de l'adversité, de l'entrave, de
la détraction, sous toutes leurs formes ; elle
avait traversé sans défaillance les plus rudes
épreuves ; le terrain s'affermissait visiblement sous ses pieds ; une circonstance heureuse allait l'affermir davantage encore.

M. l'abbé Moye s'était lié d'une étroite amitié avec un jeune prêtre de Saint-Dié, M. Raulin. Leur communauté de vues les associa bien vite aux mêmes travaux, et le jeune ami ne tarda pas à sortir de sa propre maison afin d'y établir un noviciat pour la congrégation naissante. De pieuses filles s'y présentèrent en grand nombre, et dès lors, en possession d'un centre où il était possible de leur donner une instruction et une direction conformes aux exigences de leur difficile mission, la communauté fondée par l'abbé Moye n'avait plus à concevoir de craintes sur l'avenir.

C'est alors que l'infatigable apôtre pouvant se reposer, pour la conduite et la continuation de son œuvre en France, sur la haute intelligence et sur le dévouement de M. l'abbé Raulin, sentit se réveiller au fond de son cœur, un ardent désir qui y avait toujours occupé une grande place : le désir d'aller prêcher l'Évangile aux peuples plongés dans l'idolâtrie. On devine aisément quel prestige et quelle irrésistible séduction un tel projet

devait exercer sur une âme aussi généreuse.
Sur ses pressantes instances et malgré son
âge (il avait 41 ans), il fut admis au séminaire des missions étrangères ; il y entra
vers la fin de l'année 1769, y demeura quelques mois, revint en Lorraine passer quelque
temps encore, rentra au séminaire au commencement de l'automne 1771, et fut désigné
pour la mission du *Su-Tchuen*.

Quelques jours avant son départ qui devait
avoir lieu vers la fin de l'année, le vénérable
abbé vint à Cutting consacrer à sa famille
les derniers moments qu'il lui restait à
passer en France.

L'heure du départ était proche, heure
redoutable par ses larmes et ses déchirements. Le saint prêtre résolut d'en épargner
les angoisses à son vieux père. Un jour où
un repas réunissait autour de lui ses nombreux enfants et petits-enfants, le vieillard
était rayonnant de joie au milieu de la belle
famille assise à ses côtés. L'abbé se leva et
sortit pour un instant ; on le crut du moins,
mais il ne devait plus rentrer, et le 30 décem-

bre 1771, debout sur le pont du *Penthièvre*, du port de Lorient, tournant ses regards vers sa chère Lorraine, l'âme brisée par la plus déchirante émotion, il adressait ses adieux à son père vénéré et à sa bien-aimée patrie ; le *Penthièvre* faisait voile pour Macao.

Le zèle apostolique qui entraînait l'abbé Moye au-delà des mers ne portait aucune atteinte, dans son cœur, dans sa pensée, dans ses préoccupations constantes, à l'œuvre née des premiers efforts et des premiers élans de sa jeunesse, l'œuvre des Sœurs de la Providence. Il avait confié leur direction à un ami éprouvé ; il avait écrit pour elles le *Projet des écoles des Filles de la Providence ;* il avait, sur bien des pages éparses, déposé les conseils et les instructions les plus sages. Avec une hauteur de vues, une rectitude de jugement que l'on ne saurait trop admirer, loin de s'immobiliser avec complaisance sur les premières bases qu'il avait jetées, d'assigner à son institut le joug de sa première conception, il voulut, au contraire, le soumettre et se soumettre lui-même d'avance aux leçons de l'expérience et réserver une sage part au mouvement incessant des temps et des mœurs. Pour cette raison, il n'avait pas voulu condenser en un corps les règles de gouvernement de son œuvre.

Il continua donc, comme par le passé, à soutenir, à encourager, à diriger ses chères filles en leur adressant des lettres écrites à bord du *Penthièvre* ou du *Su-Tchuen*. Ces lettres ont échappé à la disparition de presque tous les écrits de l'abbé Moye ; on les conserve précieusement, parce qu'elles renferment toute la pensée du saint fondateur et tout l'esprit de l'ordre des sœurs de la Providence, esprit qu'il résume lui-même ainsi :

« Le véritable esprit de votre état, c'est l'esprit de simplicité, de pauvreté, de charité et d'abandon complet à la Providence.

« Voilà les quatre vertus de votre état ; ce sont les quatre colonnes qui soutiennent l'édifice de votre société. Tant que vous pratiquerez ces vertus, vous subsisterez, et dès que vous les abandonnerez, vous tomberez

ou vous ne subsisterez qu'aux yeux des
hommes et vous serez mortes aux yeux de
Dieu. »

Le *Penthièvre*, parti de Lorient le
30 décembre 1771, après une traversée de
huit mois jeta l'ancre devant Macao dans les
premiers jours du mois de septembre 1772.
L'abbé Moye séjourna dans cette ville jusqu'au 30 décembre afin d'y recevoir ses
instructions et préparer son départ pour le
Su-Tchuen, terme définitif de son voyage.

Nous ne suivrons pas le saint missionnaire pendant son apostolat dans ces régions
lointaines. Le récit de ce qu'il eut à endurer
de souffrances physiques et morales dépas-
serait de beaucoup le cadre étroit dans lequel
nous devons renfermer l'histoire d'une vie
si prodigieusement active et si bien remplie.
Elle a d'ailleurs été écrite dans tous ses
détails par M. l'abbé Marchal, vicaire général de Saint-Dié, qui a suivi pas à pas
M. l'abbé Moye dans sa laborieuse carrière
et en a fait un récit plein d'intérêt. Nous
nous bornerons donc à signaler les deux

fruits principaux du séjour du saint missionnaire dans le *Su-Tchuen*.

Nous n'avons pas voulu, en rappelant les
difficultés, les entraves de toute nature
semées sous les pas de M. l'abbé Moye au
début de son entreprise en France, nous
arrêter aux calomnies, aux haines, aux
détractions auxquelles il fut personnellement
en butte ; aux disgrâces qui s'en suivirent
pour lui à plusieurs reprises. Il en est une,
cependant, que notre sujet même nous
oblige à mentionner ici.

L'abbé Moye, pendant qu'il était vicaire à
Metz, ayant été à même de remarquer, dans
bien des circonstances, le peu de soin apporté
à conférer le baptême aux enfants venus au
monde avant le terme assigné par la nature
ou peu viables, crut devoir publier une
instruction reproduisant les décisions canoniques sur ce point, et appelant sur ces pauvres créatures d'un jour, la sollicitude des
personnes qui, placées près d'elles, ont le
devoir de leur assurer par le baptême la
grâce ineffable d'une vie éternelle au ciel.

La pensée était irréprochable, le but bien louable, assurément, mais, pour établir l'opportunité de sa publication, M. l'abbé Moye s'exprimait ainsi :

« L'expérience apprend qu'il y a une infinité de ces enfants qui périssent malheureusement sans recevoir le baptême, par la négligence et l'ignorance de ceux qui devraient veiller à cette importante affaire, comme les pasteurs, sages-femmes, pères et mères, parents et amis. Tout le monde devrait s'employer à cette bonne œuvre, et cependant, à peine y pense-t-on. »

Le croirait-on, ces simples mots écrits bien manifestement, sans aucune intention blessante pour personne, soulevèrent contre le pauvre prêtre un tel déchaînement, que Monseigneur, pressé par des obsessions sans nombre, crut devoir disgrâcier l'innocent coupable et l'envoyer vicaire à Dieuze.

Le zèle de l'homme de Dieu ne fut point refroidi par ce souvenir ; l'un de ses premiers soins fut de développer au *Su-Tchuen* l'œuvre *angélique* fondée en 1723 par

Mgr Mezzabarba, patriarche d'Alexandrie,
légat du Saint-Siège en Chine [1]. Il lui imprima
une impulsion vraiment extraordinaire, mais
les ressources en argent lui faisaient défaut
pour faire face aux lourdes charges qu'une
telle tâche entraîne. C'est alors qu'il adressa
aux âmes charitables d'Europe, un chaleureux
appel qui fut entendu et qui eut un très grand
retentissement [2]. Les sœurs de la Providence
secondèrent de tous leurs efforts leur vénéré
fondateur ; par leurs soins, des quêtes furent
organisées un peu partout. L'œuvre angélique, grâce à elles, fut bientôt plus et mieux
connue et on doit, en toute justice, considérer le saint apôtre comme le premier
promoteur de l'œuvre si touchante et si
répandue de la Sainte-Enfance, en même
temps que partager entre ses chères filles
et lui, l'honneur de la forme actuelle de

---

[1] L'œuvre angélique a pour objet de baptiser les enfants en danger de mort ; de recueillir et d'élever chré-
tiennement les enfants abandonnés qui, en Chine, sont en
si grand nombre.

[2] L'original de cet appel est précieusement conservé
dans les archives de la maison de Portieux.

l'admirable association groupant ensemble,
aujourd'hui, en un faisceau vraiment angélique, tous les jeunes enfants qui, par le prélèvement d'un sou par mois sur leurs petites
ressources, assurent les moyens d'arracher
à la misère ou à la mort un nombre considérable de pauvres petites créatures abandonnées de tous.

L'institution des *Vierges chrétiennes* est
la seconde des œuvres dont il nous reste à
parler.

Depuis longtemps déjà, lorsque M. Moye
arriva en Chine, les missionnaires qui l'y
avaient précédé avaient fait bien des tenta-
tives pour associer à leurs travaux les femmes
chrétiennes ; mais les mœurs, les usages du
pays avaient opposé à la réalisation de leur
dessein des obstacles presque insurmonta-
bles. Mgr de Martillat, vicaire apostolique du
Yun-Nan, avait cependant formé une sorte
d'association entre les Vierges chrétiennes,
non en les réunissant en corporations analo-
gues aux ordres monastiques d'Europe, mais
en les rattachant simplement les unes aux

2

autres par une certaine communauté d'observances, par le vœu temporaire de conserver
leur virginité, par la promesse de répandre
toujours de bons exemples autour d'elles,
ainsi que la connaissance du vrai Dieu.

Mais ces jeunes filles, converties à la vraie
foi, demeuraient éparses dans leurs familles ;
elles n'avaient reçu, ni pu recevoir les enseignements propres à fortifier leur croyance
naissante et surtout à les mettre à même de
devenir maîtresses à leur tour et d'enseigner les enfants.

Et cependant, bien plus encore que dans
les hameaux de la Lorraine, le délaissement
des enfants, du moins des filles, était lamentable en Chine. Si l'instruction était largement donnée aux garçons, si de nombreuses
écoles leur étaient ouvertes sur presque tous
les points de l'empire, il n'en était pas ainsi
pour les jeunes filles, la loi et les mœurs
réduisant la femme à un déplorable état
d'abaissement.

Témoin de l'étendue et de la gravité du
mal, comprenant qu'il devait être résolûment

et vigoureusement attaqué, mû toujours par son inébranlable confiance dans la Providence, encouragé et soutenu par ce qu'il était parvenu à faire en France, malgré les difficultés les plus inouïes, l'abbé Moye aborda hardiment l'entreprise. Il s'agissait, non plus seulement comme en Lorraine, de retirer les petites filles de l'ignorance et du délaissement moral, il s'agissait de relever la femme elle-même à ses propres yeux, de lui restituer sa dignité naturelle, le rang d'égalité qui lui appartient dans la société chrétienne et sa bienfaisante influence dans la famille.

Le saint missionnaire se mit à l'œuvre; l'autorisation par lui sollicitée pour agir ne fut pas obtenue sans peine. Après bien des efforts, il parvint à réunir quelques-unes des vierges dont il a été parlé; il les forma de son mieux à la mission qu'il leur destinait ouvrit ses premières écoles et, une fois de plus, il eut l'ineffable satisfaction de voir le Ciel sourire à ses desseins et couronner de succès ses efforts. Ses écoles prospéraient, le nombre en grandissait peu à peu lorsque.

inopinément, l'autorité supérieure de la mission sembla vouloir tout remettre en question. Le vicaire apostolique, saisi de craintes et d'appréhensions à l'égard de l'œuvre naissante, non seulement les formula, sinon avec aigreur, du moins avec peu de bienveillance, mais encore les soumit à la sacrée Congrégation de la Propagande sans même appeler le pauvre prêtre à fournir ses observations et son avis. Il était difficile de méconnaître davantage la plus vulgaire justice, les généreux efforts dépensés, les résultats déjà obtenus et la grandeur du but poursuivi.

La décision de la sacrée Congrégation devait apporter au cœur de l'abbé Moye un bien grand adoucissement à ces amertumes ; rendue en avril 1784, non seulement elle lui rendait pleine justice, approuvait son œuvre. mais encore la louait et en prescrivait la continuation. Le saint missionnaire ne put en avoir connaissance que bien longtemps après, c'est-à-dire vers la fin de l'année 1786, alors que depuis plus de deux ans il était de retour en France.

Quelles sont les considérations qui déter-
minèrent M. l'abbé Moye à quitter la Chine,
on n'a jamais pu le savoir exactement. Le
vif désir de revoir sa chère Congrégation
de la Providence, de la raffermir encore par
ses derniers conseils fut très probablement
l'un des motifs déterminants. Il dit adieu au
Su-Tchuen, le 2 juillet 1783, après un séjour de plus de dix ans. Il fit route pour
Macao où il arriva le 26 septembre. Le
16 janvier 1784, il montait à bord de la
Méduse, et après une traversée exception-
nellement rapide, il arrivait à Paris vers le
milieu du mois de mai 1784.

M. Moye ne tarda pas à rentrer au milieu
de ses chères sœurs; le noviciat de Saint-
Dié s'était beaucoup accru, le nombre des
écoles avait considérablement augmenté; sa
présence donna une impulsion nouvelle. Tout
en maintenant fermement les prescriptions
fondamentales de son institut, il leur appliqua
quelques modifications pour le mettre mieux
en rapport avec les mœurs et les circonstances présentes et il consacra à la prédication

dans les campagnes tout le temps que n'exi-
geait pas de lui le soin de sa chère maison.

C'est pendant le cours de ces travaux qu'il
se lia d'une étroite amitié avec M. l'abbé
Feys, jeune prêtre qui lui inspira une
haute estime et qui dès lors partagea ses
occupations.

M. l'abbé Moye pouvait donc espérer de
jouir paisiblement, pendant les dernières
années de sa vie, du succès chaque jour gran-
dissant de son œuvre de prédilection. Cette
grande et légitime consolation, si chèrement
achetée, devait cependant lui être refusée. La
tempête révolutionnaire vint disperser ses
chères filles au moment même où il en comptait avec joie le grand nombre. Obligé, lui
aussi, de fuir devant l'orage, il se réfugia à
Trèves où quelques-unes de ses enfants bien-
aimées vinrent le rejoindre et se ranger sous
sa protection. M. l'abbé Feys vint à son tour
chercher un abri dans ce groupe pieux qui,
autant qu'il fut en son pouvoir, continua à
l'étranger, comme en France, à faire le bien
autour de lui.

Le vénérable abbé Moye n'était pas encore bien avancé en âge : il n'avait que soixante-trois ans. Mais les souffrances de toute sorte qu'il avait endurées en Chine pendant son apostolat, avaient profondément altéré sa santé; les chagrins de l'exil en consommèrent la ruine. Il mourut le 4 mai 1793, dans les bras du dernier ami qu'il avait rencontré sur son chemin, le digne abbé Feys qui, selon sa prédiction, devait être son successeur dans l'œuvre des sœurs de la Providence.

Rien, en effet, n'avait ébranlé la confiance du vénérable fondateur. Sur son lit de mort comme au temps de sa jeunesse, dans l'exil comme dans les jours prospères, sa foi en l'avenir demeura toujours entière. Mais c'est seulement au Ciel, sa demeure dernière, que lui était réservée la joie suprême de pouvoir contempler le plein épanouissement de son œuvre, de constater qu'ici bas il n'avait pas été le jouet d'un mirage décevant, que ce n'était pas à une vaine chimère qu'il avait consacré tant de peines, de sacrifices et d'efforts.

La signature du Concordat avait rendu la paix à l'Église; les temples étaient rouverts. M. l'abbé Feys, rentré en France, avait été appelé à la cure de Portieux (Vosges, 1802). Le premier soin du digne prêtre, de l'ami fidèle, fut d'appeler à lui les sœurs réfugiées à Trèves, de leur ouvrir une maison à Portieux même. L'œuvre de M. Moye avait reçu le baptême de toutes les adversités, supporté toutes les épreuves, rencontré tous les obstacles, essuyé tous les revers par lesquels il plaît souvent à Dieu d'éprouver les entreprises consacrées par les hommes à sa gloire. Les quelques épaves de la Congrégation de la Providence recueillies après la tempête, n'avaient donc plus de nouvelles preuves à fournir, elles-mêmes et leurs devancières avaient largement payé leur dette; Dieu avait agréé leur dessein et fait l'œuvre sienne; le relevé suivant permet du moins de le penser. D'après les derniers documents que nous avons pu consulter, la Congrégation de Portieux comptait, en 1886 :

	RELIGIEUSES	ÉTABLISSEMENTS	ÉLÈVES
Sœurs de la Providence. . .	2004	683	70.500
Vierges chrétiennes en Chine.	1033	146	non relevé
	3037	829	

M. l'abbé Moye a pleinement réalisé le
songe de sa mère ; il a marqué son passage
sur la terre par de grandes œuvres, et sa
sainteté, proclamée bien certainement depuis
longtemps dans le ciel, le sera prochaine-
ment aussi sur la terre, la cause de sa béa-
tification ayant été introduite à Rome et
suivant actuellement son cours. Ce sera le
glorieux couronnement d'une vie toute de
dévouement, de sacrifice et de charité [1].

---

[1] En 1859, Mgr Caverot, évêque de Saint-Dié, plus tard
cardinal archevêque de Lyon, a condensé en un seul corps
de constitutions de la congrégation des sœurs de la Providence de Portieux, les avis, lettres et écrits divers de l'abbé
Moye, en les mettant en rapport avec ses besoins et ses
devoirs actuels.

NOTICE HISTORIQUE

SUR LA CONGRÉGATION

DES SŒURS DE LA PROVIDENCE

DE GAP

I

Pendant le courant du mois de mai de
l'année 1822, au château de Mme la duchesse
de Noailles[1], une jeune fille qui en était
l'hôte pour quelques jours, avait l'habitude,
après son lever, de s'accouder sur l'appui
de l'une des fenêtres pour respirer l'air frais

---

[1] D'après une autre version, ce serait dans un hôpital
de Charonne que Mlle de Vitrolles serait entrée pour la
première fois en rapport avec les sœurs de Portieux, mais
c'est celle que nous donnons qui était tenue pour certaine
par mère Élisabeth.

du matin et contempler le beau paysage qui
se déroulait sous ses yeux. C'était l'heure à
laquelle la cloche de l'église voisine appelait
les fidèles au très saint sacrifice de la messe
et l'heure aussi où une longue file de jeunes
enfants, à la mine proprette et éveillée, ran-
gés deux à deux dans une tenue parfaite, se
rendaient à cet appel, suivis et conduits par
deux religieuses vêtues d'une robe de serge
noire et d'un voile blanc.

Ce spectacle si simple, mais se reproduisant ponctuellement tous les jours, ne pouvait manquer d'attirer l'attention de la
jeune visiteuse. Reportant sa pensée vers
les Alpes, dans la petite commune de Barci-
lonnette, sur le territoire de laquelle sont
situés le château et les terres de sa famille, la
jeune fille mesurait avec tristesse toute l'étendue du contraste existant entre les enfants
malpropres, vagabonds et indisciplinés de son
village et la nombreuse et charmante petite
famille qu'elle voyait chaque matin passer
sous ses fenêtres.

L'impression fut profonde dans son jeune

cœur et la petite troupe devenant l'objet le
plus habituel de ses pensées, elle voulut la
voir de plus près pour la mieux connaître.
Accompagnée de la duchesse, elle se rendit
souvent à l'école, y prenant plaisir à s'entretenir avec les sœurs de l'emploi du temps,
des méthodes suivies, des résultats obtenus,
de l'esprit de leur Congrégation, du but par
elle poursuivi, de ses moyens d'action, des
conditions mises à ses services.

Une investigation aussi minutieuse n'avait
pas pour mobile une vaine curiosité; le
contraste qui avait attristé la noble jeune
fille à la vue de quelques enfants d'une tenue
si parfaite, si différente de celle dont elle
était témoin dans son village, avait fait
naître dans son âme bonne et généreuse, le
dessein de le faire disparaître au plus vite.
C'est de ce dessein qu'est née la Congrégation des sœurs de la Providence de Gap; la
jeune fille dont nous parlons était Mlle Amélie
de Vitrolles [1]; les enfants par elle remarqués

[1] Amélie-Edwige-Joséphine-Emma-Philippine de Vitrolles, née le 10 juillet 1797, à Altembourg (Saxe), où

étaient tous les enfants du village et des fermes voisines ; les religieuses au voile blanc étaient de la Congrégation des sœurs de la Providence de Portieux.

De retour dans sa famille, Mlle de Vitrolles l'entretint longuement de ses projets ; son père et sa mère, approuvant et partageant pleinement ses intentions, s'empressèrent de commencer les démarches nécessaires pour les réaliser. Mgr de Saint-Dié voulut bien leur donner l'assurance qu'ils pouvaient compter que deux sœurs de la Providence de Portieux seraient mises à leur disposition aussitôt que leurs services et leur dévouement pourraient être utilisés.

La joie fut grande au château de Vitrolles et, à quelques jours de là, Mlle Amélie posait de ses propres mains la première pierre de la maison d'école qu'à sa prière son père avait libéralement consenti à faire con-

s'étaient retirés, pendant la Révolution, le baron Eugène-François d'Arnaud de Vitrolles, plus tard ministre d'État du roi Louis XVIII, son père, et Thérèse de Folleville, sa mère. Elle mourut à Florence où on l'appelait la *Sainte*, le 23 août 1829.

struire. Les travaux, conduits avec beaucoup
d'activité, furent achevés dans le courant de
l'année 1823, et vers la fin de la même
année, l'école s'ouvrait sous la direction de
sœur Agnès et de sœur Ignace, à la grande
satisfaction de Mgr Arbaud qui, nommé à
l'évêché rétabli à Gap, avait pris possession
de son siège le 29 juillet précédent.

Une heureuse transformation ne tarda pas
à se produire ; les jeunes enfants, jusqu'alors
livrés à eux-mêmes et à tous les défauts que
l'oisiveté traîne après elle, groupés autour
de sœur Agnès plus particulièrement chargée d'eux, recevaient ses leçons toujours
données avec bienveillance, apprenaient
d'elle les grandes vérités de la religion, son
admirable morale, toutes les notions que
comporte l'instruction primaire, le travail
manuel, la propreté, la bonne tenue, la poli-
tesse et le respect des parents.

Quelques mois à peine s'étaient écoulés
que, des fenêtres du château de Vitrolles,
comme des fenêtres du château de Noailles,
Mlle de Vitrolles pouvait chaque jour, avec

une émotion profonde et une satisfaction
bien légitime, voir sur le chemin conduisant
de l'école à l'église, une longue file de jeunes
enfants, hier agrestes et sans culture, aujour-
d'hui rendus charmants à voir par le travail,
l'ordre, la discipline, les bons exemples, les
bonnes leçons et les soins affectueux des
deux modestes sœurs de la Providence.

Sœur Ignace, après avoir donné sa part
de concours à l'école, se répandait au dehors,
visitait les malades, leur prodiguait les soins
les plus dévoués, entrait dans toutes les
chaumières, portait une bienfaisante assistance, des paroles de consolation, et l'aide
de ses mains partout où il y avait une souf-
france à soulager, un courage à relever et
à soutenir.

Les heureux résultats, obtenus en si peu
de temps par la petite institution naissante,
ne tardèrent pas à attirer sur elle l'attention des communes voisines, et bientôt celle
du Poët et celle de la Saulce, témoins les
plus rapprochés, livrèrent à de nouvelles
sœurs concédées à leurs instances par la

maison de Portieux, leurs enfants et leurs malades.

L'école du Plan-de-Vitrolles, ouverte à la fin de l'année 1823, avait provoqué, dès l'année 1824, la création de deux écoles semblables et commencé à répandre dans les Hautes-Alpes le renom si légitimement acquis aux sœurs de Portieux par leur simplicité, leur abnégation et leur dévouement à l'œuvre par elles poursuivie, œuvre qui peut se résumer en ces quelques mots : Porter les enseignements du Christ, l'instruction primaire et l'assistance morale jusque dans les hameaux les plus pauvres et les plus isolés.

La part de l'année 1825 devait être plus large et plus importante. M. l'abbé Fournier, prêtre de beaucoup de zèle et d'activité, promu, dans les derniers mois de l'année 1824, à la cure de Saint-Bonnet, un des chefs-lieux de canton les plus populeux et les plus importants des Hautes-Alpes, fut douloureusement frappé de l'état déplorable dans lequel, sous le rapport religieux, des bonnes mœurs et de l'éducation des enfants, se trou-

3

vait la paroisse confiée à ses soins. Complet abandon des petites filles laissées sans éducation ; abandon presque aussi complet des grandes, laissées sans surveillance, sans bons exemples et sans bons conseils ; tout était à refaire, ou mieux, à défaire et à réédifier.

L'excellent prêtre, mesurant toute l'étendue et comprenant toutes les difficultés de sa tâche, courut auprès de Mgr Arbaud chercher appui, encouragements et conseils, et, par dessus toutes choses, implorer sa haute intervention pour lui obtenir l'envoi de trois sœurs de la Providence. Les sollicitations de Mgr de Gap étaient toujours bien accueillies à Portieux et, peu de temps après, en plein cœur du mois de janvier, pendant le cours d'une retraite prêchée par des missionnaires étrangers, accourus au pressant appel de l'abbé Fournier, trois sœurs, sœur Adélaïde, sœur Elisabeth et sœur Marie-Joseph, arrivaient à Saint-Bonnet.

Rien n'était prêt encore pour les recevoir ; les missionnaires occupaient le logement qui leur était déstiné ; mais la chaude parole

des frères prêcheurs avait profondément re-
mué les cœurs et ouvert la voie à l'heureuse
transformation qui allait s'accomplir; aussi les
trois modestes ouvrières que Dieu envoyait
pour y consacrer leurs efforts, reçurent-elles
bien des offres de bienveillante hospitalité.
C'est dans un appartement que l'honorable
docteur Martin mit à leur disposition dans sa
propre maison, que les bonnes sœurs s'éta-
blirent pendant les quelques jours nécessaires
pour l'appropriation des bâtiments affectés à
leur installation définitive. Sœur Adélaïde,
rappelée à Portieux presque aussitôt après
son arrivée, fut remplacée par sœur Constance dont le souvenir, aujourd'hui encore,
est profondément gravé dans tous les cœurs.

II

Sœur Constance était bien jeune — elle
n'avait que dix-huit ans — lorsque lui fut
confiée la direction du poste de Saint-Bonnet;
mais la maturité de son esprit, l'élévation de

ses sentiments et de son intelligence justi-
fiaient pleinement le choix dont elle avait
été l'objet. C'était, sous tous les rapports, un
sujet d'une remarquable supériorité. Tout
en elle inspirait le respect et faisait naître
une douce sympathie.

En peu de jours, elle s'empara de l'affection des enfants remis à ses soins et de
l'entière confiance de leurs parents. Une de
ses anciennes élèves[1], digne et respectable
femme chez laquelle le grand âge n'a altéré
ni le cœur ni la mémoire, disait il y a quelques jours en parlant d'elle : « Au nom de
sœur Constance, le cœur se remplit des
plus douces émotions. Ses pensées étaient
toutes pour le Ciel et toutes ses démarches
pour le salut des âmes. On ne voyait en elle
rien de terrestre; chacune de ses paroles
portait dans nos âmes des fruits de salut.
On pourrait compter combien de fois on l'a
vue sourire et cependant, sur son visage
était répandu un calme indéfinissable, quel-

---

[1] Mme Eyraud.

que chose de céleste, une grâce douce attirant les cœurs et imposant le respect. »

Sœur Constance ne se bornait pas à apprendre à ses élèves la lecture, l'écriture, la grammaire, l'histoire, le calcul ; elle comprenait plus largement sa tâche. Ce n'est pas seulement à faire un jour de ses enfants des femmes instruites qu'elle bornait ses soins, elle visait plus haut. Aussi, s'appliquait-elle plus encore à graver profondément dans leurs jeunes cœurs les grands préceptes de la religion et de la morale. Dans la petite fille aujourd'hui soumise à ses leçons, elle voyait la femme entrant demain émancipée dans le monde, devenue épouse et mère. Et le but suprême, objet de ses constants efforts, était de préparer de loin des épouses et des mères qui apportassent dans leurs ménages une vertu chrétienne solide ; à leurs maris une efficace et salutaire assistance par leur dévouement, leurs bons conseils et leurs bons exemples, et à leurs enfants une pieuse sollicitude à leur transmettre les enseignements par elles reçus.

L'ascendant que ne pouvait manquer de prendre une femme si profondément bonne, douée de qualités si brillantes, fut considérable et rapidement conquis ; on s'inclinait sur son passage ; personne, lorsqu'elle s'approchait de la sainte table ou qu'elle en revenait ne pouvait se défendre d'une grande émotion à la vue d'un ineffable reflet séraphique répandu sur son visage. Pendant la belle saison, des groupes nombreux de personnes de toutes conditions venaient se presser sous les fenêtres ouvertes de l'école pour l'écouter les jours où elle donnait à ses élèves ses instructions sur le catéchisme.

Le nom de sœur Constance se répandait partout dans le département ; on parlait de ses vertus, et, au récit que partout on se plaisait à faire de sa vie simple et modeste, de sa piété touchante, du bien qu'elle répandait autour d'elle, bien des cœurs de jeunes filles s'ouvraient au désir de l'imiter et de la suivre, de se consacrer comme elle au service de Dieu.

Les premières néophytes, qui, cédant à

leur généreux élan, vinrent se ranger près
d'elle furent :

Ursule Marrou, née à Montbrand ;

Victorine Jaussaud, née à Saint-Laurent ;

Rosalie Magnan, née à Saint-Bonnet.

Ainsi se forma, en 1827, le noviciat de
Saint-Bonnet ; noviciat est ici un terme
improprement employé, car la maison-mère
de Portieux n'a jamais expressément ni consacré ni reconnu l'établissement de ce noviciat. Toujours, au contraire, elle a main-
tenu l'obligation, pour les prétendantes de
la région des Alpes, d'un stage préalable à
Portieux même. Mais ce n'était pas là une
exigence inspirée par une disposition peu
bienveillante ; Madame la Supérieure générale considérait seulement, et avec raison,
que le groupe de Saint-Bonnet composé de
trois religieuses seulement, était trop peu
nombreux et trop absorbé par d'autres travaux pour pouvoir initier suffisamment de
jeunes novices aux devoirs si multiples de
la vie religieuse. Mais, en même temps,
elle donnait une marque éclatante de sa

confiance en sœur Constance en autorisant, par des décisions spéciales, des prises d'habit à Saint-Bonnet même. C'est ainsi que les trois premières prétendantes furent relevées de l'obligation du noviciat à Portieux et admises à prendre le voile à Saint-Bonnet: Ursule Marrou, sous le nom de sœur Marie-Élisabeth; Victorine Jaussaud, sous celui de sœur Euphémie, et Rosalie Magnan, sous celui de sœur Eudoxie. Cette cérémonie qui eut lieu, le 27 septembre 1828, dans l'église paroissiale, en présence d'une assistance nombreuse profondément émue, fut très touchante et vit encore aujourd'hui dans le souvenir de tous ceux qui en furent témoins.

Sœur Marie-Élisabeth par sa piété, sa bonté, la douceur de son caractère autant que par l'application soutenue qu'elle apportait à l'accomplissement de tous ses devoirs, s'était particulièrement attiré l'estime et l'affection de sœur Constance; aussitôt après sa prise d'habit, elle fut envoyée à la Bâtie-Neuve où elle dirigea l'école jusqu'en 1832.

Le 6 septembre de cette année, elle fit profession dans l'église de Saint-Bonnet et fut désignée alors pour diriger celle de Manteyer.

M. l'abbé Armand, curé de Vitrolles, nourrissait secrètement le vif désir d'obtenir le transfert dans sa paroisse du noviciat de Saint-Bonnet. Il lui paraissait juste que le premier foyer de l'œuvre fût aussi le siège de ce qui avait pour objet de l'entretenir. Mais ce noviciat tenait trop profondément au cœur du digne abbé Fournier pour qu'il lui parût possible d'imposer à un confrère aussi respectable, une si cruelle séparation.

Une circonstance toute fortuite vint, dans le courant de l'année 1833, seconder les aspirations de M. le curé de Vitrolles en supprimant la cause des scrupules pleins de délicatesse qui l'empêchaient de poursuivre son dessin. M. l'abbé Fournier fut, à cette époque, appelé de la cure de Saint-Bonnet à celle de Tallard qui offrait aux exigences de sa santé un climat plus doux. L'occasion était propice ; elle fut saisie avec empressement et, peu après, M. le curé Armand, étant allé à Portieux même soutenir la cause qui lui était chère, eut la satisfaction de l'y faire triompher.

Si le vénérable M. Fournier n'était plus là pour recevoir la cruelle blessure, il y restait encore une âme d'élite qui devait en ressentir tous les déchirements, il y avait encore sœur Constance. Sa douleur fut profonde le jour où elle reçut l'ordre de prendre avec ses novices le chemin de Vitrolles. Mais, soumise et obéissante, elle s'inclina sans le moindre murmure, offrant à Dieu, dans son cœur, le grand et pénible sacrifice qui lui était imposé.

Le jour de la séparation arriva ; elle fut déchirante. La population tout entière donna à sœur Constance les marques les plus touchantes de son estime et de son affection, de son respect et de sa douleur. Entourée de toutes parts, pressée, suivie par une foule en larmes qui l'adjurait de ne pas l'abandonner, la pauvre sœur eût pu jouir d'un ineffable triomphe si, d'un cœur humble et modeste, elle n'eût rapporté à Dieu seul tout ce qu'avait de flatteur pour elle la manifestation dont elle était l'objet.

Sœur Constance ne devait pas demeurer longtemps à Vitrolles ; trois mois à peine après y être arrivée, elle fut rappelée à Portieux et pourvue de la charge d'assistante. Sœur Glossinde, directrice de l'école de la Saulce, fut désignée pour la remplacer ; le noviciat comptait alors une dizaine de prétendantes parmi lesquelles Augustine Lager, plus tard sœur Marie de la Croix, et Euphrosine Para, plus tard sœur Louise.

L'année 1836 fut marquée par une douloureuse épreuve ; le 4 avril, après treize années d'un épiscopat entièrement consacré au bien de son diocèse, Mgr Arbaud rendait sa belle âme à Dieu, laissant après lui de profonds et unanimes regrets et le souvenir d'une longue carrière toute de charité et de vertu. Le 25 juillet suivant, Mgr de la Croix prenait possession du siège vacant, apportant dans son cœur l'ardent désir de marcher sur les traces de son vénérable prédécesseur

et de se montrer digne de lui succéder dans
la haute charge qu'il avait si saintement
remplie.

A cette époque, l'œuvre des sœurs avait
déjà grandi ; vingt écoles avaient été ouvertes
sur les points les plus divers du département. Mgr de la Croix, en présence de cette
extension constante et des heureux résultats obtenus sans qu'aucun mécompte ne
se fût produit nulle part, résolut de donner
à ce mouvement de progression une impulsion plus grande et plus active encore.

L'obligation du noviciat à Portieux, sus-
pendue pendant la direction vraiment supérieure de sœur Constance, avait dû reprendre
sa rigueur lorsque sœur Glossinde lui eut
succédé. En effet, sœur Glossinde qui attei-
gnait personnellement à la perfection religieuse n'était pas douée des qualités nécessaires pour former et diriger des novices. Par
suite, les postulantes des Alpes étaient astrein-
tes à des voyages fort longs alors, pénibles et
coûteux, pleins de difficultés et d'inconvénients et objet de beaucoup d'effroi pour de

pauvres filles de campagne. D'autre part,
la maison de Portieux, souvent excédée de
demandes de sœurs pour diriger des écoles nouvelles, ne pouvait toujours satisfaire
à toutes.

Afin d'obvier à ces inconvénients, Mgr de
la Croix conçut le projet de transférer à Gap
le noviciat de Vitrolles, de le placer sous sa
propre direction, de sorte qu'indépendant
sous tous les rapports de la maison des
Vosges, il n'y fût relié que par la communauté de l'esprit et de la règle. Ce projet,
soumis à Mgr de Saint-Dié et au conseil des
sœurs de Portieux, fut l'objet de longues
négociations qui ne parvinrent pas à le faire
aboutir. Toutefois, Mgr de la Croix eut la
satisfaction d'obtenir la promesse que s'il
donnait suite à son dessein d'établir un noviciat dans son diocèse, les sœurs, originaires de la région des Alpes, seraient dé-
liées de toutes leurs attaches à la maison
mère, de toutes obligations contractées envers elle, tant au spirituel qu'au temporel ;
qu'elles seraient libres toutefois d'accepter

ou de refuser ce dégagement et par conséquent de demeurer à la disposition de leur
évêque ou de rentrer à Portieux, l'obligation
d'y revenir n'étant imposée qu'aux sœurs qui
en étaient directement issues. Enfin, comme
dernière condition et pour mieux marquer
encore la séparation complète, la rupture de
tous liens entre la maison de Portieux et celle
qui pourrait être fondée à Gap, il fut convenu que le costume de la première ne pourrait être conservé par la seconde qu'en y
apportant une modification très apparente.

C'est au mois de mai 1838 que fut fixée la
mise à exécution des accords ainsi arrêtés.
La détermination prise par Mgr de la Croix,
pour le plus grand bien de son diocèse, y fut
la cause d'une grande perplexité, lorsque le
moment de la réaliser fut venu, et faillit compromettre à jamais l'œuvre qu'il n'avait
cependant eu d'autre but que de rendre plus
féconde. A peine les résolutions prises furent-
elles connues, qu'elles jetèrent la consternation parmi les pauvres sœurs des Alpes.
Elles s'étaient vouées à la maison de Por-

tieux ; les liens du cœur aussi bien que les
attaches spirituelles qui les y retenaient pou-
vaient-ils être ainsi rompus ? Certes, leur
conscience n'avait pas à concevoir d'alarmes,
leur consécration à Dieu ne recevant aucune
atteinte ; mais combien ne trouvera-t-on
pas leurs inquiétudes fondées, devant la per-
spective de se voir séparer de leur famille
spirituelle, si l'on songe à toute la puissance
qu'exerce sur l'âme du religieux son identi-
fication avec l'ordre dans lequel il a fait profession, l'union contractée en esprit par tous
les membres qui, animés des mêmes sentiments, des mêmes aspirations, sont venus
dans un même asile pour y vivre, y prier et
s'y courber sous la même règle. Un cri d'effroi
sortit spontanément de toutes les poitrines ;
mais le premier mouvement de trouble ne
tarda pas à s'apaiser devant la considération que la plus entière liberté d'option
demeurait expressément réservée. Toutefois,
il paraissait bien certain qu'au jour où cette
option devrait être faite, pas une défection
pour Portieux ne se produirait.

Telle était la situation; le péril pour l'œuvre entreprise était grand. D'un coup d'œil sûr et prompt, Mgr de la Croix en mesura toute la gravité; il comprit qu'il fallait à tout prix conserver, sinon toutes les sœurs originaires des Alpes, du moins un noyau aussi nombreux que possible et toutes les jeunes prétendantes du noviciat de Vitrolles, sous peine d'un effondrement irrémédiable.

Des instructions pressantes furent données à ce sujet à MM. les curés; il leur fut enjoint de dissiper les scrupules des sœurs en exercice dans leurs paroisses; de leur montrer que les résolutions prises par l'autorité diocésaine n'avaient d'autre but que le plus grand avantage de leur pays; de leur faire comprendre tout le bien qu'elles étaient appelées à y faire, et de les persuader enfin que seconder de tels projets par leur soumission, c'était répondre en même temps à la voix de Dieu et à celle du patriotisme.

Monseigneur ne négligea pas non plus son intervention et ses exhortations personnelles; il fit soumettre les mêmes considérations aux parents des novices dont une des clauses du traité séparatif portait que le consentement exprès serait nécessaire pour le transfert de leurs enfants du noviciat de Vitrolles dans celui de la maison de Portieux, nonobstant tout consentement antérieurement donné lors de l'entrée en religion de leurs filles dans l'ordre dont cette maison était le siège.

Toutes ces exhortations demeurèrent sans effet sur l'esprit des sœurs et des novices, leur fidélité à leur bannière fut inébranlable et lorsque le jour du départ arriva enfin, toutes les brebis reprirent le chemin du bercail, du moins toutes celles qui ne furent pas mises dans l'impossibilité de le faire.

Les pressantes instances de Mgr de la Croix, impuissantes sur les religieuses, répondaient naturellement trop aux sentiments des parents des novices pour ne pas trouver auprès d'eux un accueil plus favorable. Cette ressource n'avait certes pas été négligée, et, lorsque, l'ordre du départ étant arrivé de Portieux, les novices s'apprêtaient à monter en voiture, c'est le simple chariot de

4

leur chaumière qu'elles trouvèrent à la porte
et qui, conduit par un père inflexible, les y
ramena malgré des cris et des pleurs qui,
partout ailleurs qu'ici, rappelleraient à l'esprit l'enlèvement des Sabines.

De pareils moyens ne pouvaient être employés à l'égard des sœurs originaires des
Alpes, en exercice dans différentes communes; une petite ruse bien excusable, mais
enfin une ruse, y suppléa. On s'arrangea,
nous ne savons comment, mais si bien, que
quelques sœurs ne reçurent que trop tard la
lettre leur notifiant le jour du départ, et
c'est ainsi que sept d'entre elles purent être
retenues :

Sœur Marie – Elisabeth, née Marrou, à
Manteyer ;

Sœur Amélie, née Vollaire, à Saint-Clé-
ment ;

Sœur Jéronime, née Aubin, à la Roche ;

Sœur Constance, née Gaillard, à la Bâtie-
Neuve ;

Sœur Euphémie, née Jaussaud, à Mont-
maur ;

Sœur Eugénie, née Bourges, à Villard-Saint-Pancrace;

Sœur Philomène, née Guille, à Pelleautier.

Lorsque les premières émotions se furent un peu apaisées, les parents, redoutant moins de la part de leurs filles un départ clandestin, n'exercèrent plus sur elles une pression ni une surveillance aussi grandes. Les pauvres filles, à demi résignées, n'usèrent de la liberté qui leur était rendue que pour s'astreindre avec toute l'exactitude possible, au règlement et aux obligations de leur noviciat si inopinément interrompu et se livrèrent, chacune dans son petit cercle respectif, aux pratiques de vraies religieuses, réunissant les enfants, leur faisant le catéchisme, leur apprenant à lire et prodiguant leurs soins aux malades.

A l'époque où nous sommes, le grand séminaire du diocèse avait pour économe un prêtre d'une grande piété et d'une grande charité. Fils unique d'une famille qui lui avait légué un modeste patrimoine, M. La-

gier n'usa jamais de sa petite fortune que
pour des œuvres de bienfaisance. Il s'occupait en ce moment de la fondation d'un institut de frères dont la mission serait de se
consacrer à l'instruction des jeunes garçons.
Suivi dans cette voie par quelques jeunes
compatriotes dont il avait pu apprécier le
zèle et le dévouement, il les avait installés
dans sa maison paternelle et il se plaisait à
voir en eux le premier noyau d'une phalange
qu'il caressait l'espoir de voir grandir.

Les choses en étaient là, lorsque Mgr de la
Croix, comprenant que la situation qui venait d'être faite aux novices et aux religieuses dont les noms ont été rappelés plus
haut ne pouvait être prolongée plus longtemps, les manda auprès de lui afin de se con-
certer avec elles en vue d'arriver à une solution définitive. Jamais la voix de l'éminent
évêque et du bon pasteur ne fut plus pressante
et plus persuasive. Il parvint enfin à la faire
pénétrer jusqu'au plus profond du cœur des
humbles servantes de Dieu dont il finit par
obtenir le consentement, grâce à l'irrésis-

tible attrait de tout le bien que, selon l'énergique assurance qu'il leur en donna, elle
étaient appelées à faire dans leur propre
pays, celui entre tous qui devait leur être
le plus cher, et de tous, celui aussi qui avait
le plus à attendre de leur dévouement.

M. l'abbé Lagier assistait à cet émouvant
entretien ; lorsque, après avoir invoqué l'Es-
prit-Saint, les pauvres filles eurent adhéré
aux vœux du prélat, Mgr de la Croix s'adressant à celui qui allait devenir leur premier
père : Monsieur l'abbé, lui dit-il, dans un
but que je ne saurais trop louer, avec les
efforts les plus dignes d'éloges, vous avez
entrepris la fondation d'une institution ayant
pour objet de former des instituteurs qui
auront pour mission de répandre dans vos
chères montagnes les bienfaits d'une instruction chrétienne. Vous ne vouliez que des
fils pour vous suivre dans votre généreuse
entreprise ; plus confiant que vous-même
dans votre zèle et dans vos mérites, laissez-
moi aussi vous donner des filles que vous
dirigerez dans la même voie. Que rien ne

soit changé dans vos desseins; recevez des mains de Dieu et des miennes ces pieuses ouvrières qu'Il vous envoie et qui, sous votre conduite, j'en ai la conviction profonde et la douce espérance, travailleront avec ardeur et constance au bien que vous vous proposez et le réaliseront.

L'adhésion des sœurs étant jusqu'au dernier moment demeurée incertaine, rien n'avait pu être préparé pour leur installation. M. l'abbé Lagier leur offrit spontanément sa petite maison, précisément devenue vacante depuis l'avant-veille par suite du transfert des frères dans un autre immeuble de la rue du Centre. Il y fit transporter quelques lits empruntés au grand séminaire et le 5 juin 1838, les sœurs entraient dans cet abri étroit, sans meubles, sans provisions, sans ressources premières, mais avec la confiance en Dieu, la bonne volonté et l'espérance au cœur.

Le lendemain, mercredi 6 juin, il était procédé aux élections; sœur Marie-Élisabeth était élue supérieure. Sa piété, sa bonté, ses

vertus la désignaient aux suffrages de ses
compagnes. Ce témoignage de haute estime
qui lui était donné pour la première fois ne
devait plus lui être retiré. Toutes les élections qui suivirent ne devaient plus être
que des occasions successives pour la communauté, de renouveler à la mère bien-
aimée les marques de sa confiance et de
son affection ; c'est dans sa dignité de
supérieure générale, maintenue sans aucune
interruption, que, le 5 juillet 1881, s'est
éteinte, dans la paix du Seigneur, l'élue du
6 juin 1838. Sœur Amélie fut établie assistante et maîtresse des novices ; la Congrégation des sœurs de la Providence de Gap
était fondée ; elle allait désormais vivre de
son existence propre.

III

Six novices rentrèrent immédiatement :
Rosalie Vollaire, sœur Nicolas ;
Mélanie Marcellin, sœur Gonzague ;

Augustine Lager, sœur Marie de la Croix ;
Rosalie Ricard, sœur Augustin ;
Victoire Davin, sœur Scolastique ;
Eléonore Michel, sœur Agnès.

La maison était bien petite ; deux pièces
au rez-de-chaussée, donnant sur un tout
petit jardin, servaient de parloir, de salle
d'exercices, de classes etc ; une autre pièce
attenante servait de cuisine et de réfectoire.
Au premier étage, une pièce qui avait toujours été la chambre de M. Lagier fut con-
vertie en chapelle, à côté, une petite pièce
était destinée à recevoir le blé et les provisions de bouche ; de là, elle reçut et conserve aujourd'hui encore le nom de *Chambre
du blé*, bien que sa destination ne soit plus
la même. A côté encore, une pièce fut prise
pour salon et bureau de travail de M. Lagier.
Au-dessus de la chapelle, du salon, de la
chambre du blé, furent établis les dortoirs et
enfin, au-dessus s'étendaient les combles où
l'on fut heureux de trouver quelques pièces
de vaiselle commune dont pas une n'était
intacte et quelques cuillers de bois, le tout

laissé par les frères. Quelques fouilles autorisées dans les combles d'une maison charitable amenèrent la précieuse découverte
d'un complément de poterie non moins fortement ébréchée et d'une vieille marmite.
Monseigneur fit don d'une chèvre, de quelques ustensiles de cuisine et d'une soupière
qui a toujours été conservée avec respect et
qui, en cette considération, a été placée
comme bénitier dans la chapelle de la maison
de campagne de Villarobert.

La batterie de cuisine était, on le voit,
bien chétive ; les provisions de l'office étaient
plus chétives encore. Le mercredi, 6 juin,
jour des élections et fort à propos jour de
jeûne, il ne s'y trouva pour toute la journée,
que la moitié d'un gros pain oublié par les
frères. L'ameublement était à l'avenant ;
sous le rapport de la pauvreté, l'harmonie
la plus parfaite régnait partout ; un pétrin
servait simultanément d'armoire, de table à
manger et de table de travail. On avait pour
siège un escabeau en mauvais état, trois bancs
fort chancelants et comme toute la petite

communauté n'y pouvait trouver place, de
bonne grâce, à tour de rôle, l'excédent
s'asseyait à terre.

Tout était parfaitement prévu et réglé
dans la maison pour chaque heure du jour ;
la nourriture seule échappait à la régularité
du programme. Cependant, tantôt de l'évêché tantôt du séminaire, tantôt de quelque
âme charitable, elle arrivait, et, disent les
anciennes, c'est alors qu'elle était insuffisante, ce qui se produisait souvent, que leur
cœur était le plus rempli de joie et qu'elles
se félicitaient le plus de s'être consacrées à
Dieu. La Providence, d'ailleurs, ne faisait
jamais défaut ; maintes fois, mère Élisabeth,
debout devant la table vide à l'heure du
repas, n'en disait pas moins sérieusement le
Benedicite et avec la plus entière et la plus
parfaite simplicité commençait ensuite le
chapelet. On n'a pas souvenir, qu'en cet
instant, la charité n'ait apporté quelque
chose ; mais ainsi que nous l'avons déjà dit,
il arrivait fréquemment que ce quelque chose
était insuffisant. Invariablement ces jours-là,

mère Élisabeth était malade ; la sainte
femme couvrait sous ce subterfuge, l'absten-
tion par laquelle elle voulait augmenter d'autant la part de ses chères filles.

Cette détresse était soigneusement cachée
à M. Lagier afin de ne point l'affliger alors
qu'il se consumait en efforts pour lutter
contre le dénûment qu'il ne connaissait que
trop ; les parents des religieuses qui, certainement se seraient empressés tous d'apporter quelques denrées prises dans leurs
greniers, étaient également tenus dans
l'ignorance, soit par esprit de sacrifice et
de mortification, soit pour ne pas les con-
trister, soit enfin par la crainte d'éveiller en
eux la pensée de venir reprendre leurs
enfants.

Un soir que l'office était absolument vide,
la pauvre sœur Saint-François, originaire
de Rambaud, petite commune à 5 kilomètres
de Gap, et qui était préposée à la cuisine,
fut prise d'un tel désespoir de ne savoir
comment ni avec quoi elle pourrait préparer
la soupe du lendemain, soupe bien simple

pourtant, quelques poireaux en faisant le
plus souvent tous les frais, fut prise, disons-
nous, d'un tel désespoir que, bravant et
l'éclat possible et l'effroi d'un voyage noc-
turne, elle courut seule, au milieu de la
nuit, prendre quelques légumes dans le
jardin de son père, et pleine de joie, toute
triomphante, rapporta le précieux fardeau.
Deux autres fois, les mêmes alarmes pro-
voquèrent chez elle le même courage et le
même dévouement. Prise cependant d'inquiétude sur sa conduite, la pieuse enfant
courut, toute confuse, en faire l'aveu à mère
Elisabeth et reçut de la sainte femme une
tendre caresse en même temps que de la
supérieure une sévère réprimande qui mit un
terme à ces petits exploits.

Qui pourra jamais dire ce qu'eut à souffrir
le cœur si bon de mère Élisabeth à la vue
des privations vraiment excessives endurées
par ses chères filles! Bien des fois, elle sentait le découragement la saisir mais elle
allait alors s'agenouiller devant le petit autel
de la chapelle, elle se prosternait devant le

Crucifix et toujours, elle se relevait consolée, rassurée rapportait dans son âme confiance, espoir et courage. Plus forte que jamais, elle se remettait alors à l'ouvrage, persuadée que l'œuvre remise en ses mains ne périrait pas, qu'elle sortirait triomphante de toutes ses épreuves et parviendrait à réaliser tout le bien qu'elle aspirait à faire.

En vérité, en dépit de leurs privations, toutes les saintes filles avaient une santé florissante. Et quelle joie intérieure, quelle paix dans l'âme, quelle ferveur dans la prière, quelle union de cœur, quelle gaîté! Jamais une plainte, jamais un murmure; avoir ou n'avoir pas, était pour toutes une seule et même chose; celle qui souffrait et travaillait le plus s'estimait être la plus heureuse. Quelle émotion n'éprouve-t-on pas en écoutant les bonnes premières sœurs — dont, hélas! les rangs sont éclaircis par de bien nombreux vides — parler, les yeux pleins de larmes, de ce qu'elles appellent leurs plus beaux et leurs plus heureux jours!

Malgré tant de traverses, peut-être même

à cause de tant de traverses si courageu-
sement supportées, la famille née d'hier
s'augmentait chaque jour de prétendantes
nouvelles. Le 30 septembre 1838, M. Lagier
ouvrit une retraite générale qu'il prêcha
lui-même et qui lui permit de constater
avec une satisfaction bien légitime l'accroissement vraiment surprenant de l'œuvre. En
effet, la congrégation qui, au mois de juin
précédent, ne comptait que sept religieuses
et six novices, groupait en ce moment sous
sa chaire trente novices ou religieuses. Cette
retraite fut clôturée le 6 octobre par la profession des sœurs : Amélie, Jéronime, Séra-
phine et Constance, et par la prise d'habit
des novices : Louise née Para ; François de
Sales, née Sarrazin et Antoinette née
Oddou.

Dès la rentrée scolaire on put rouvrir
quelques-unes des écoles fermées par suite
du départ des sœurs de Portieux ; les écoles
ainsi remises en exercice étaient au nombre
de quatorze. Le bilan des six premiers mois
d'existence de la congrégation nouvelle

présentait donc un résultat bien fait pour
soutenir tous les courages, affermir toutes
les espérances et soutenir le zèle des labo-
rieuses ouvrières de Dieu.

Malheureusement, le premier succès devait
connaître aussi la première grande douleur ;
la mort, la mort cruelle apporta pour la première fois dans les rangs des pieuses filles
ses larmes les plus amères en frappant,
presque au seuil de la vie, la plus jeune et
la meilleure d'entre elles, sœur Agnès née
Michel, qui avait pris le voile le 30 juin
précédent, et qui, le 15 septembre, était
enlevée par une fièvre typhoïde à l'affection
de ses compagnes. Il était réservé à cette
jeune âme d'élite de montrer, la première,
le calme avec lequel une conscience pure
quitte la terre pour s'envoler au Ciel. Sen-
tant approcher sa fin, à demi soulevée sur
son lit, elle se pencha vers M. Lagier pour
recevoir la bénédiction qu'elle lui demandait.
Ému jusqu'aux larmes du calme angélique
de la pauvre mourante, le bon prêtre lui
demanda, à son tour, de bénir la commu-

nauté réunie autour d'elle, ce qu'elle fit
avec une ineffable simplicité. Puis, s'adressant aux sœurs désolées : Ne pleurez pas,
leur dit-elle, ne priez pas pour obtenir de
Dieu qu'il me laisse auprès de vous; il
m'appelle, je cours à lui avec transport.
Vous n'avez encore personne là-haut pour
appeler sa miséricorde sur vous; je suis
heureuse d'être désignée pour être votre
première avocate dans le Ciel. Réjouissez-
vous donc au lieu de verser des larmes, et
promettez-moi de chanter le *Te Deum* au
moment où je vous quitterai. Elle prit son
crucifix, le pressa tendrement sur sa poitrine, puis se souleva un peu pour le porter
à sa bouche, mais elle ne put y déposer son
fervent baiser ; lorsque l'image de la divine
victime effleura ses lèvres, c'est son dernier
soupir qu'elle reçut.

La communauté s'augmentait toujours;
pour la loger dans la petite maison dont
elle disposait, on était allé beaucoup au-delà
du possible; il fallait, d'urgence, songer à
l'agrandissement des bâtiments. Mais la

caisse était toujours vide ; M. Lagier ne
rencontrait autour de lui personne qui par-
tageât sa confiance dans son entreprise et
pendant qu'il faisait une quête en vue des
constructions nouvelles : « M. l'abbé, lui
disait-on de toute part, vous êtes impru-
dent, téméraire même », et la quête produisait cinquante francs et quelques centimes.
La fermeté du saint homme n'en était pas
ébranlée, et remettant sans le moindre
trouble, le produit de sa collecte à mère
Élisabeth : « Eh bien chère mère, disait-il,
avec ce qui me reste de mon petit pécule,
voilà toujours de quoi commencer ; faisons
par nous-mêmes tout ce que nous pouvons,
Dieu fera le reste. » Et on commençait brave-
ment les travaux après avoir acquis quelques masures attenant à la maison devenue
trop étroite.

La Providence dut, en effet, apporter bien
des fois sa contribution, mais, louanges lui
en soient rendues, elle ne fit jamais défaut.
Voici, entre mille, une marque de son intervention : La veille d'un jour de foire qui

5

amenait une grosse échéance, l'abbé Lagier
abordait mère Élisabeth lui disant : « Chère
mère, il me faut absolument trois mille francs
pour demain, pouvez-vous me les remettre ?
— Ah, Seigneur Jésus ! mais je n'ai rien,
rien, rien ; ce matin même, je n'ai pu donner à sœur Félicité, deux sous qu'elle me
demandait pour acheter du sel. »

Le lendemain matin, peu après le lever,
un brusque coup de sonnette retentissait
dans la maison ; c'était le frère d'une religieuse qui, ayant terminé l'avant-veille,
le règlement de quelques affaires de famille,
apportait à sa sœur, pressé disait-il, par
une singulière inquiétude, trois mille francs,
montant de la part lui revenant par suite de
ce règlement !

IV

Ainsi qu'on l'a vu plus haut, le traité rela-
tif à la séparation d'avec la maison de Portieux n'avait fait l'objet que d'accords ver-

baux. Mgr de la Croix, en vue de prendre les derniers arrangements et de signer le pacte définitif, se rendit auprès de Mgr de Saint-Dié et de la supérieure générale. Tout fut conclu en peu de jours, et le 27 juin 1839, paraissait l'ordonnance de Mgr de Saint-Dié, autorisant et confirmant la séparation dont les bases avaient été jetées l'année précédente.

La condition d'une modification à faire subir au costume n'avait pas encore reçu d'exécution ; c'est le voile blanc qui fut sacrifié aux exigences du traité séparatif et, le 18 juillet, Mgr de la Croix posa sur la tête de ses chères filles, le voile noir qui les couvre actuellement.

Épuisée par ses dures privations, par un travail sans relâche et, plus encore, par ses inquiétudes incessantes, la bonne mère Élisabeth, déjà très fatiguée le jour de la cérémonie de la prise du nouveau costume, fut obligée de se mettre au lit. Le mal dont elle avait secrètement souffert tant qu'il lui avait été possible de n'en rien laisser paraî-

tre, fit rapidement des progrès effrayants.
Une plaie qui s'était formée à la jambe
droite, provoquait des douleurs cruelles, et,
le 20 juillet, la gangrène se manifestant, le
le médecin consterné, jetait dans la communauté anxieuse qui l'interrogeait, cette foudroyante réponse : « Votre bonne et chère
mère est perdue ; l'amputation même ne la
sauverait pas. » Proposée cependant comme
dernière et suprême ressource, cette opéra-
tion fut énergiquement repoussée par la
pauvre malade qui préférait, disait-elle, s'en
remettre pleinement à Dieu.

On peut se représenter aisément la douleur, la consternation, le désespoir des
bonnes sœurs. Le soir venu, le mal conti-
nuait sa marche rapide ; l'abbé Lagier, appelant à lui la communauté entière, se rend à
la chapelle; on se prosterne, on prie ; les
bras en croix, on implore la miséricorde
divine ; chacune des bonnes sœurs fait son
vœu dans le secret de son âme, et toutes
ensemble, promettent que, désormais, toute
sœur de la Providence ajoutera à son nom

celui de Marie, si la bonne Vierge consent à leur conserver leur mère bien-aimée. La nuit s'acheva ainsi dans les angoisses et la prière.

Il en était tout autrement dans la chambre de la chère malade ; la douleur se calmait ; un mieux très sensible s'y manifestait clairement, et les sœurs qui veillaient auprès d'elle, épiant ses moindres mouvements, avaient le bonheur de la voir s'endormir d'un sommeil calme et réparateur. Ce sommeil durait encore au moment où l'honorable docteur Roubeaud entrait pour faire sa visite matinale.

N'en pouvant croire ses yeux, il constatait que, non seulement la plaie avait perdu son caractère pernicieux, mais encore qu'il n'en restait guère plus qu'une simple trace rouge et que la malade disait parfaitement vrai lorsqu'elle assurait qu'elle allait très bien. Ce jour-là même, elle put prendre quelque nourriture ; il ne lui restait plus que de la faiblesse ; quelques jours après, elle reprenait le cours de ses travaux ; chère et bonne mère Élisabeth était guérie.

Mgr de la Croix pouvait se féliciter à bon droit de l'entreprise devant laquelle il avait eu la hardiesse de ne pas reculer. Le temps avait déjà un peu passé sur elle et apporté sa consécration, et il lui parut que le moment était venu de demander celle du gouvernement. Dès le 8 août 1839, il la sollicita de Son Excellence M. le Ministre des cultes, en lui adressant à l'appui le pacte de séparation conclu avec Mgr de Jerphanium, évêque de Saint-Dié, et Madame la supérieure générale de Portieux.

M. Lagier, plus encore, était en droit de contempler avec une légitime satisfaction la marche progressive inespérée de son œuvre. Difficultés de toute nature, obstacles chaque jour renaissants, rien n'avait pu altérer sa confiance, abattre son courage, lasser sa patience, non plus que sa charité. La communauté, témoin et objet de tant de dévouement, de peines et d'efforts, voulut lui en témoigner sa reconnaissance et choisit, à cet effet, le 25 août, jour de sa fête, qu'elle lui souhaita pour la première fois.

La manifestation fut touchante ; le digne abbé Lagier en éprouva une émotion profonde et qu'il ne put plus contenir lorsque toutes ses chères enfants l'entourant et se mettant à genoux, le supplièrent de les autoriser à ne lui donner désormais d'autre nom que celui de Père. Troublé, déconcerté, hésitant, le saint homme ne sachant que répondre, tenta d'opposer un refus mais il ne put l'exprimer, ou du moins, il fut mis dans l'impossibilité de le faire, toutes les voix couvrant la sienne, tous les bras se levant en témoignage de remerciement d'une autorisation que personne n'avait entendue. De ce jour, dans la communauté comme dans la ville, le modeste abbé ne put se soustraire au nom, bien légitimement conquis de Bon Père Lagier.

La fin de l'année 1840, fut attristée par un événement qui eut un grand et pénible retentissement dans la Congrégation comme dans tout le diocèse.

Mgr de la Croix, que son mérite et ses vertus recommandaient à l'attention du gouvernement, fut élevé à l'archevêché d'Auch. Ce fut un sincère et profond regret que souleva cette élévation du saint prélat, non que dans l'esprit de tous elle ne fût bien dignement acquise, mais parce qu'elle entraînait avec elle une pénible séparation. Nulle part la douleur de cette séparation ne fut plus vivement ressentie qu'au couvent de la Providence qui était l'œuvre même du digne prélat, œuvre qu'il ne perdit jamais de vue et à laquelle, ainsi que nous le verrons plus loin, il ne cessa jamais de donner des marques de sa tendresse. Il laissait ses chères filles au nombre de trente-trois religieuses, non compris les novices, et elles dirigeaient vingt et une écoles.

Pendant les années 1840 et 1841, la Congrégation poursuivit sa marche progressive sans aucun incident de quelque importance, sauf toutefois, la promulgation de l'ordonnance royale portant sa reconnaissance et son autorisation ; cette ordonnance rendue le 21 janvier 1841, est ainsi conçue :

Louis-Philippe, roi des Français, à tous présents et à venir, salut ;

Sur le rapport de notre garde des sceaux, ministre secrétaire d'État au département de la justice et des cultes ;

Vu la demande formée le 13 février 1840 par les sœurs de la Providence de Gap, tendant à obtenir la reconnaissance légale de leur congrégation ;

Vu leur adhésion aux statuts approuvés par ordonnance royale du 3 février 1827 pour la congrégation des sœurs du Saint Enfant-Jésus de Soissons ;

Vu l'extrait d'une circulaire en date du 24 juillet 1825, émanant de l'évêché de Gap et constatant que la congrégation de la Providence de Gap existait au 1er janvier 1825 ;

Vu la loi du 24 mai 1825 ;

Vu la délibération du conseil municipal de Gap, du 10 novembre 1839, et le procès-verbal sur les avantages et les inconvénients de l'établissement à autoriser ;

Vu le consentement de l'évêque de Gap et l'avis du préfet des Hautes-Alpes et celui de notre ministre, secrétaire d'État de l'instruction publique ;

Le comité de législation de notre conseil d'État entendu, nous avons ordonné et ordonnons ce qui suit :

ARTICLE PREMIER

La congrégation des sœurs de la Providence établie à Gap (Hautes-Alpes), gouvernée par une

supérieure générale, est autorisée, à la charge de
se conformer aux statuts approuvés par ordonnance royale du 3 janvier 1827 pour la congrégation hospitalière et enseignante du Saint Enfant-
Jésus à Soissons.

ART. 2

Notre garde des sceaux, ministre secrétaire
d'État au département de la justice et des cultes, est
chargé de l'exécution de la présente ordonnance
qui sera insérée au *Bulletin des Lois.*

Paris, le 21 janvier 1841.

Signé : LOUIS-PHILIPPE.

Par le Roi, le garde des sceaux, *signé :*

MARTIN (du Nord).

On remarquera, sans doute, ces mots de
l'article premier de l'ordonnance : *La Congrégation est autorisée, à la charge de
se conformer aux statuts approuvés par
ordonnance royale du 3 janvier 1827, pour
la Congrégation hospitalière et enseignante du Saint Enfant-Jésus, à Soissons ;*
quelques mots d'explication paraissent ici
nécessaires :

La portée de l'*autorisation*, en ce qui a
trait aux congrégations religieuses de fem-

mes, est nettement déterminée par la loi du 24 mai 1825; elle a uniquement pour effet d'ériger en *personnes civiles* les congrégations qui la demandent, c'est-à-dire, de leur conférer la capacité d'acquérir, recevoir, aliéner, ester en justice; en un mot de conférer aux communautés une existence propre à côté et en dehors des individus qui les composent. C'est là un avantage facultatif que la loi accorde mais n'impose pas et qui n'a aucune corrélation avec l'existence même de la congrégation, le droit d'exister dérivant non de l'autorisation, mais de la loi commune et de la faculté qui appartient à tout citoyen de se réunir et de vivre en commun.

A l'appui de la demande en autorisation, les congrégations sont tenues de produire leurs statuts, et ce n'est qu'après que ces statuts ont été vérifiés et enregistrés au Conseil d'État, en la forme requise pour les bulles d'institutions canoniques, que l'autorisation est accordée soit par une loi, s'il s'agit d'une congrégation nouvelle, soit par une ordonnance royale ou un décret s'il s'agit d'une congrégation qui existait avant le 1ᵉʳ janvier 1825.

La vérification des statuts par le Conseil d'État demande toujours beaucoup de temps et de nombreuses formalités, mais le temps est grandement abrégé et les formalités sont de beaucoup simplifiées lorsque la congrégation qui sollicite la reconnaissance adopte des statuts déjà vérifiés. C'est pour cette raison que, sur l'avis de M. le Ministre lui-même, la Congrégation des sœurs de la Providence de Gap adopta les statuts de celle du Saint Enfant-Jésus, de Soissons, qui répondent d'ailleurs pleinement à son but et à ses vues.

Ajoutons que, si les statuts qui sont l'ensemble des dispositions déterminant le but que la Congrégation se propose, l'œuvre à laquelle elle entend consacrer ses travaux, le mode selon lequel elle entend s'administrer sont soumis à l'approbation du gouvernement, en cas de demande d'autorisation, la *règle* qui est « l'ensemble de moyens spi-

rituels et d'observances régulières approu-
vées par l'Église et présentées aux religieuses pour les conduire plus efficacement
dans les voies de la perfection » et les *constitutions* dont l'objet est de « spécifier davantage les principales actions de la vie religieuse
et d'indiquer la manière d'organiser une
œuvre, en un mot, de développer ce que la
règle a ordinairement de plus général, de
plus succint et de plus résumé [1] » ; ajoutons,
disons-nous, que la règle et les constitutions
ne relèvent que de l'autorité ecclésiastique.
Celles qui gouvernent la Congrégation qui
nous occupe n'existaient pas encore à cette
époque et devaient même n'être rédigées que
bien plus tard.

Le père Lagier, au milieu des nombreux
travaux courants auxquels il avait peine à
subvenir n'en appliquait pas moins son esprit
à rechercher tout ce qu'il lui serait possible
de faire encore pour justifier de plus en plus
la qualification d'*enseignante* et *d'hospita-*

[1] Réponses canoniques..., etc., par le R. P. Meynard, des
Frères prêcheurs, 1re partie, nos 386, 387.

lière sous laquelle sa chère Congrégation venait de recevoir une consécration publique. Il entrevoyait déjà, dans ses vastes projets, des orphelinats, des asiles de retraite, des ouvroirs, etc. Les moyens d'exécution marchant beaucoup moins vite que les inspirations et les désirs de sa charité, le bon père devait se borner au possible, et c'est ainsi qu'il établit l'œuvre des garde-malades, aujourd'hui si connue et si appréciée et qui ne pouvait entraîner de grands frais. Il fut puissamment secondé dans cette entreprise par l'honorable Dr Roubeaud, qui se fit un plaisir de donner aux premières sœurs quelques conférences spéciales pour les initier aux exigences de leur nouvelle mission.

A la fin de l'année 1840, la Congrégation comptait soixante-six membres et trente et une écoles.

V

Dans le courant du mois de février 1842,
le P. Lagier put acquérir une troisième petite
maison contiguë aux constructions nouvelles.
Victorieux des obstacles sans nombre accu-
mulés sous ses premiers pas, il ne rencontrait plus autour de lui ni sarcasmes ni incré-
dulité. On le louait, on le félicitait ; les
détracteurs autrefois les plus ardents deve-
naient les plus empressés à l'éloge, les
admirateurs les plus enthousiastes. Mais le
saint prêtre, ferme dans sa voie, dans sa
confiance, ne se laissait pas plus entraîner
par la séduction de la flatterie qu'il ne s'é-
tait laissé décourager par les railleries.
Toujours maître de lui, calme et résolu, il
poursuivait, sans défaillance, sans engoue-
ment, l'œuvre à laquelle il se donnait tout
entier. Il visitait les écoles, le plus souvent
à pied par esprit d'économie, se jouant de la

longueur du chemin comme de l'inclémence des saisons. Dans ces visites, il encourageait les sœurs, les éclairait de ses conseils, s'assurait de l'état d'avancement des enfants par les examens qu'il leur faisait subir, excitait leur émulation par des distributions de prix auxquelles il s'efforçait de donner toute la solennité et tout l'attrait possibles. Il profitait enfin de ces occasions pour adresser aux parents des élèves et à tous les assistants des paroles pleines d'une onction pénétrante, les exhortant à la pratique des vertus chrétiennes, à l'amour du devoir, du prochain et de Dieu.

Malgré les agrandissements que l'on était parvenu à faire, les bâtiments étaient toujours bien insuffisants ; ils n'avaient ni cour ni jardin : le grand air et le moyen de se livrer au moindre exercice faisaient défaut. Le P. Lagier, dans sa sollicitude pour la santé de ses chères filles, comprenant l'impérieuse nécessité d'obvier à ce grave inconvénient, fit l'acquisition de la petite campagne de Villarobert, à trois kilomètres de la ville, y

installa une école pour les enfants du voisinage, des pièces propres à recevoir les sœurs
convalescentes et une vacherie pour les
besoins de la communauté qui comptait alors
quatre-vingt-cinq sœurs et dirigeait qua-
rante-cinq écoles.

Tandis que la Congrégation de la Providence se développait ainsi progressivement
au point de vue temporel, le seul qui pût
être constaté au dehors, les considérations
de l'ordre spirituel tenaient, dans le for
intérieur de la famille, une place bien autrement importante et était l'objet de méditations chaque jour renouvelées. La piété, la
ferveur semblaient y suivre aussi une marche
ascendante, en ce sens que le nombre des
pieuses filles croissant, la piété semblait par
là même croître également. Mgr Rossat qui,
le 11 mars 1841, avait succédé à Mgr de la
Croix sur le siège épiscopal, était vivement
pressé, ainsi d'ailleurs que l'avait été son
prédécesseur, de concéder à la Congrégation
la faculté de prononcer les trois vœux expression suprême de la vie religieuse.

6

Le prélat, dans sa sagesse, avait jusque-
là résisté à ces sollicitations, afin d'éprouver la solidité, la fermeté du désir qui lui
était exprimé. Ce fut une grande joie dans
la sainte maison, le 17 septembre 1843,
jour où il vint enfin y annoncer que, la conviction s'étant faite dans son esprit, il se rendait aux aspirations de ses chères filles et
renonçait à prolonger davantage le temps
de l'épreuve, pourvu toutefois qu'après avoir
pris, au scrutin secret, l'avis de toutes les
religieuses et des novices ayant l'habit depuis plus de trois ans, les deux tiers au moins
se prononçassent dans un sens favorable.
Nous n'avons pas voulu, dit-il, agir avec
précipitation en matière d'aussi grave importance. Les trois vœux de pauvreté, de
chasteté, d'obéissance constituent, sans doute,
l'excellence du religieux qui les prononce,
mais que cette excellence ne vous éblouisse
pas jusqu'au point de vous en dissimuler le
poids. Songez mûrement que ce poids, à
moins d'une résolution profondément réflé-
chie, d'une inébranlable fermeté, pourrait

devenir écrasant, pour vous surtout qui êtes
appelées à vivre au milieu du monde et souvent à y vivre seules, sans autre soutien que
vous-mêmes, sans autre secours que celui
de votre propre vertu.

Le 19 septembre, jour de la fête de saint
Arnoux, évêque et patron du diocèse, ayant
été choisi pour la grande et importante con-
sultation, une retraite préparatoire fut ouverte aussitôt et suivie avec le plus grand
recueillement. Le jour venu, la statue de la
Vierge des vierges couverte de fleurs, dres-
sée sur un petit autel, une urne à ses pieds,
entourée de quarante-quatre sœurs rangées
par ordre d'ancienneté, semble sourire à
cette solennité que Monseigneur préside,
assisté de ses vicaires généraux et du P. Lagier. Le *Veni Creator* est entonné, et lorsque le silence s'est fait, la première boule
tombe dans l'urne ; chacune des sœurs
apporte la sienne à son tour et, lorsque la
dernière a déposé son suffrage et regagné
sa place, Monseigneur, répandant sur l'autel
ces petites boules, expression muette des

sentiments les plus intimes de ses chères
filles, il s'en trouve quarante-deux sur quarante-quatre qui, comme autant de voix
s'élevant vers la Vierge Marie, semblent
s'écrier : Reine du ciel, votre bannière ne
nous sera jamais lourde à porter !

Cinq jours après, Mgr Rossat publiait l'ordonnance suivante :

Louis Rossat, par la miséricorde divine et la
grâce du Saint-Siège apostolique, évêque de Gap :

Vu les instances réitérées faites par les sœurs de
la Providence pour obtenir l'autorisation de faire
les trois vœux ordinaires de pauvreté, de chasteté
et d'obéissance ;

Vu le résultat d'une réunion générale des sœurs
de ladite Congrégation, présidée par nous, le 19 du
présent mois, et dans laquelle chaque sœur ayant
émis son vote, au scrutin secret, sur l'utilité de
faire ces vœux, la presque unanimité s'est pronon-
cée favorablement.

Considérant que l'autorisation demandée peut
contribuer à la stabilité de ladite Congrégation ;

Considérant que la maison de Gap est autorisée
par le gouvernement et, sous ce rapport, présente
des garanties suffisantes ;

Considérant le bien qui peut en résulter pour
les personnes qui s'associeront à cette œuvre en

les fixant pour un temps déterminé ou pour toujours dans le service de Dieu et du prochain ;

Considérant que ces engagements leur concilieront de plus en plus l'estime et la confiance des parents, en tant qu'elles seront entièrement consacrées à l'éducation de la jeunesse ;

Le saint nom de Dieu invoqué, nous avons statué et ordonné ce qui suit :

ARTICLE PREMIER

Les sœurs de la Providence de la maison mère établie à Gap et de tous les établissements qui pourront en dépendre, sont autorisées à faire les trois vœux de pauvreté, de chasteté et d'obéissance.

ART. 2

Ces vœux qui seront faits lors de la profession ne le seront que pour cinq ans. Cette époque expirée, elles pourront les renouveler pour cinq ans ou les faire pour toujours si elles en témoignent le désir et si les supérieurs donnent à cet effet un avis favorable.

Donné à Gap, en notre palais épiscopal, sous notre seing, notre sceau et le contre-seing de notre secrétaire général, le 24 septembre 1843.

Signé : Louis Rossat, évêque de Gap.

Par mandement :

L'abbé James, chanoine honoraire,
secrétaire.

A la lecture de cette ordonnance l'allégresse fut générale ; des cantiques en l'honneur de la Vierge retentirent de toutes parts et, lorsque le lendemain, jour fixé pour la première prononciation des vœux, la cloche eut annoncé la cérémonie sainte, pieusement agenouillées devant leur évêque, six sœurs prononcèrent les vœux perpétuels, dix-neuf les vœux de cinq ans [1].

Le lendemain eurent lieu les élections réglementaires et mère Élisabeth fut confirmée dans sa charge de supérieure générale.

Le renom de la Congrégation commençait à franchir les limites du département ; le dévouement par elle déployé dans l'accomplissement de sa mission lui attirait l'attention des contrées voisines. Mgr Chatrousse, évêque de Valence, lui donna le premier un précieux témoignage de confiance et de sympathie en lui demandant deux sœurs pour la

---

[1] Les six sœurs qui prononcèrent des vœux perpétuels furent dispensées des vœux préalables de cinq ans, en considération de ce qu'elles comptaient plus de dix ans de séjour dans la maison.

commune de Saint-Sauveur. Heureux et reconnaissant de cette haute marque d'estime et de bienveillance, le P. Lagier s'empressa de mettre à sa disposition sœur Gonzague et sœur Bonaventure qui reçurent ainsi, les premières, l'honneur d'aller mieux faire connaître encore, dans le département de la Drôme, tout ce qu'il y a de dévouement dans le cœur des sœurs de la Providence (octobre 1843). — La Congrégation comptait alors quatre-vingt-dix membres et dirigeait cinquante et une écoles.

Le 8 avril suivant, eut lieu une prise d'habit par sept novices ; ce fut la dernière que présida Mgr Rossat qui, de l'évêché de Gap venait d'être appelé à celui de Verdun. Mgr Depéry, du diocèse de Belley, désigné pour lui succéder, n'était pas inconnu dans celui de Gap ; il avait été lié d'une étroite amitié avec Mgr de la Croix et avait pris particulièrement part, à ce titre, à ses travaux et à ses démarches concernant ce qu'il appela toujours son œuvre de prédilection, la fondation de la Congrégation de la Providence.

Le 24 juillet 1844, la Communauté reçut l'intéressante visite de Mgr Borghi, évêque d'Agra. Sa Grandeur la tint plusieurs fois sous le charme de sa parole en racontant les péripéties émouvantes de l'apostolat dans les pays infidèles. Comme autrefois Clovis au récit de la Passion, s'écriant : « Ah! que n'étais-je là avec mes braves Francs! » toutes les sœurs, aussi bien les anciennes que les jeunes, se levant spontanément pleines d'enthousiasme : « Monseigneur, ah! Monseigneur, s'écriaient-elles, associez-nous à votre sainte entreprise, à vos travaux, à votre dévouement, à vos privations, à vos dangers! » Et le saint apôtre, touché jusqu'aux larmes, de répondre : « Grâces vous soient rendues de vos généreux élans; je n'en perdrai jamais le souvenir, je le porterai avec votre nom dans les Indes et peut-être un jour, lorsque votre Congrégation naissante se sera accrue encore et affermie davantage, l'invoquerai-je pour faire appel à votre précieux concours. »

Deux mois après, Mgr Depéry prenait

possession de son siège et publiait, à cette
occasion, un mandement dans lequel on
était heureux de lire ces mots : « Je ne veux
être évêque que du diocèse de Gap ; c'est
à vos chères montagnes que je veux me consacrer tout entier ; c'est ici que je veux mourir. » Le digne prélat a fidèlement tenu sa
parole.

La Congrégation devenait chaque jour
plus nombreuse et, par suite, la maison plus
étroite ; malgré les additions déjà faites, il
n'était pas possible de songer à y réunir
toutes les religieuses pour la retraite générale
du mois de septembre ; il fallait aviser. Le
P. Lagier fit alors dresser à Villarobert des
baraquements provisoires en planches, et
terminer la petite chapelle qu'il avait com-
mencée déjà depuis quelque temps, avec l'intention de la placer sous le vocable et sous la
protection de sainte Philomène. Il avait à
cet effet commandé à Paris, une statue de
la sainte ; la chapelle terminée, la statue fut
expédiée, mais par suite d'une confusion
involontaire de la part du sculpteur, c'est

une statue de sainte Agnès qui, dépouillée de l'emballage, s'offrit à tous les regards !

Loin d'éprouver une contrariété de cette méprise, on s'en réjouit ; on y vit une inter-vention directe de celle à qui la Congrégation avait déjà confié la protection de ses écoles, et sainte Agnès, accueillie avec de pieux transports, devint ainsi la patronne de l'asile de Villarobert.

Ce fut le 18 juillet 1845 que le P. Lagier célébra pour la première fois la sainte messe dans ce nouveau sanctuaire.

Mgr Depéry poussait énergiquement à des agrandissements nouveaux dont la nécessité se faisait impérieusement sentir ; la petite pièce servant de chapelle était surtout abso-lument insuffisante. Mais toujours le même obstacle se dressait en travers du chemin,... pas de ressources. Malgré des prodiges d'économie la caisse de la maison demeurait obstinément vide. Les sœurs, très peu, sou-vent même pas rétribuées du tout dans leurs écoles, ne pouvaient apporter, malgré des privations presque surhumaines, qu'un tribut à peu près insignifiant. Mgr Depéry, ayant sollicité un secours du gouvernement, n'en obtint qu'une allocation dérisoire de cinq cents francs, avec la promesse, il est vrai, d'une subvention ultérieure plus importante.

Mère Marie-Élisabeth redoublait de piété ; dure pour elle-même, elle s'imposait des privations nouvelles, en vue de donner l'exemple à ses filles mais elle ne leur permettait pas cependant de le suivre dans toute sa rigueur. Comme toujours la foi en la Providence l'emporta et on commença à s'occuper de l'approvisionnement des matériaux ; les sœurs travaillaient elles-mêmes à entasser les pierres, à déblayer les lieux, et ces travaux préparatoires se poursuivaient durant la fin de l'année, malgré des froids très rigoureux.

Mgr Chatrousse, évêque de Valence, qui avait alors dans son diocèse quatre écoles confiées aux soins des sœurs de la Providence, témoin et juste appréciateur de leurs efforts et de leurs succès, conçut le projet de fonder, lui aussi, une communauté semblable dans la Drôme. Il s'en ouvrit au

P. Lagier en lui demandant quelques-unes de ses sœurs pour en former le premier noyau. Le bon Père, quoique plein de déférence pour le prélat, s'attacha cependant à le détourner de cette entreprise, lui représentant que deux maisons-mères, assises sur les mêmes bases, poursuivant le même but, dans un rayon aussi peu étendu, ne pourraient que se nuire réciproquement dans leur développement normal. Des considérations aussi sages ne pouvaient manquer de frapper l'esprit du prélat, qui ne fit aucune difficulté de renoncer à son projet, le P. Lagier l'assurant d'ailleurs qu'il s'empresserait toujours de mettre à sa disposition toutes les sœurs dont il pourrait avoir besoin pour ses écoles.

Dans les premiers jours du mois de mars 1846, le P. Lagier partit pour Paris, avec mission, de la part de Mgr Depéry, d'exposer à M. le Ministre de l'instruction publique la détresse de sa maison qui, vouée à répandre l'instruction primaire, était à ce titre digne à tous égards de sa bienveillance,

et de solliciter pour elle le plus large secours possible. Le premier soin du bon Père
fut, dès son arrivée, de placer sa chère Congrégation sous le patronage de *Notre-
Dame des Victoires* et de la faire associer
à l'archiconfrérie qui porte indistinctement
ce nom ou celui du *Très-Saint-Cœur de
Marie* et dont l'objet est de travailler, par la
prière, à la conversion des pécheurs.

Les démarches du P. Lagier ne demeurèrent pas infructueuses ; un premier secours
de 4000 francs lui fut accordé le 4 avril et un
autre de pareille somme le 24 du même mois.

Certes, ces secours étaient loin de pouvoir
alléger d'une manière bien sensible les
charges de l'entreprise ; ils n'en relevèrent
pas moins les courages un peu chancelants,
et, le 4 mai 1846, la première pierre de la
chapelle prenait place dans les fondations.
Il s'agissait, en outre, de bâtir une salle de
communauté et des dortoirs ; ces deux constructions sont actuellement occupées par
l'orphelinat.

Les travaux furent conduits avec toute

l'activité possible et on n'eut heureusement à déplorer aucun accident de personnes, Dieu, dans sa bonté, ayant bien manifestement écarté les funestes conséquences qu'aurait dû nécessairement avoir le seul qui se soit produit.

Les quatre murs de la chapelle étaient terminés ; le toit qui les recouvre venait également d'être achevé et les ferblantiers étaient occupés à poser les chenaux. Tout-à-coup retentissent, en même temps qu'un bruit sourd et sinistre, des cris d'épouvante et d'effroi ; Casimir Reynier, l'un des ouvriers, par suite d'une fausse manœuvre, venait de tomber du haut de la corniche sur le sol ! On se précipite, on accourt pâle d'épouvante pour relever le cadavre mutilé de l'infortunée victime..... et c'est — la surprise et la joie en sont indescriptibles — c'est Reynier lui-même qui se dresse sain et sauf poussant un cri de reconnaissance envers Dieu qui seul, dit-il, a pu miraculeusement le sauver.

Le 14 juillet suivant, la communauté

reçut une nouvelle qui lui causa une grande joie. Le P. Blanchard, des missionnaires de Notre-Dame du Laus, qui était alors à Rome, annonçait la remise entre ses mains du diplôme concédant à la congrégation des sœurs de la Providence, et aux élèves fréquentant ses écoles, l'affiliation à la grande congrégation *Primo-Primaria* dont le siège est au collège du *Gesu*, à Rome, et que les Souverains Pontifes ont enrichie de nombreux trésors spirituels.

On a vu plus haut que Mgr de la Croix en quittant le diocèse de Gap pour le siège archiépiscopal d'Auch, exprimant à ses chères filles le regret qu'il éprouvait à se séparer d'elles, leur donnait en même temps la ferme assurance qu'il conserverait toujours pour leur maison qu'il avait fondée, le plus cher souvenir et la plus grande tendresse.

L'éminent prélat n'oublia pas sa promesse et, dès les premiers jours de son arrivée dans son nouveau diocèse, il conçut et n'abandonna plus le projet d'y importer un rameau de l'arbre qu'il avait planté dans les Alpes, qui y avait poussé rapidement de profondes racines et porté de si bons fruits.

Depuis quelque temps déjà, à l'époque où nous sommes, Mgr de la Croix avait engagé avec Mgr Depéry et le P. Lagier une correspondance active en vue de la réalisation de son projet dont l'heure lui paraissait venue. Vous ne me refuserez pas, écrivait-il au cours de cette correspondance, « vous ne me refuserez pas quelques rejetons de la vigne que j'ai plantée et dont les fruits sont si excellents ».

La retraite générale du mois de septembre eut lieu cette année là encore à Villarobert ; Monseigneur, étant venu la clôturer, se promenait sous la galerie qui précède la chapelle dont les portes étaient en ce moment ouvertes, lorsque quelques sœurs appelèrent son attention sur un essaim d'abeilles qui venait de se poser sous la corniche, exactement en face du tabernacle. « C'est là un bon augure, dit le prélat, il vous annonce que vous aussi, vous produirez des essaims qui iront, sur des fleurs épanouies sous d'autres climats, distiller le miel de la vertu. » Quelques jours après, le 14 octobre 1846, les voiles de cette allusion tombaient, Mgr de la Croix arrivait à Gap pour choisir lui-même les rejetons qu'il avait dessein de transplanter, et, le 2 novembre suivant, le P. Lagier conduisait à Auch sœur Arnould, comme supérieure, sœur de l'Assomption et sœur Saint-Bruno comme directrices des novices et sœur Apollonie pour les autres offices de la maison [1].

L'année 1847 s'ouvrit par un événement qui causa dans la communauté la plus vive satisfaction. Mgr Depéry, témoin et juste appréciateur des mérites, des vertus et de l'infatigable charité du P. Lagier lui conféra, le 21 janvier, jour de la fête de sainte Agnès, le titre de chanoine ; jamais camail ne fut mieux acquis ni plus saintement porté.

[1] Sœur Arnould a conservé sa charge de supérieure sans interruption jusqu'à sa mort, arrivée le 12 décembre 1870 ; elle l'a exercée constamment avec beaucoup de distinction, de sagesse et de bonté.

7

La Congrégation comptait alors dix années
d'existence ; elle n'avait cessé de s'accroître
progressivement ; le terrain n'était plus aussi
mouvant sous ses pieds ; elle avait donné la
mesure de son énergie vitale, elle était
visiblement dans les desseins de Dieu, le
moment était donc venu de donner à l'édifice
son couronnement — nous voulons dire la
règle — destinée à déterminer la voie à
parcourir, la marche à suivre, à marquer le
chemin, à l'éclairer, à le prémunir surtout
contre toute déviation. L'année 1847 fut
consacrée à son élaboration à laquelle prirent
une égale part Mgr de la Croix, Mgr Depéry
et le P. Lagier.

Les constructions commencées s'élevaient
peu à peu, la chapelle touchait même à sa
fin malgré cet obstacle permanent — la
pénurie — avec lequel on avait fini par se
familiariser. Le samedi de chaque semaine,
jour de la paye des ouvriers, était le grand
jour néfaste de mère Elisabeth, sa terreur
hebdomadaire cruellement régulière dans sa
périodicité. Et pourtant, la sainte femme ne

fut jamais mise *en affront*. Tantôt c'était une novice qui apportait, en entrant, le prix de pension de son noviciat; tantôt un arriéré sur lequel on ne comptait plus et qui était soldé; tantôt une avance que l'on n'osait solliciter et qui était offerte spontanément. Tout moyen était bon à la Providence pour venir en aide et, grâce à sa constante intervention, la chapelle si nécessaire et tant désirée put être solennellement consacrée le 22 septembre 1847, en présence d'une très nombreuse assistance. Elle fut placée sous le vocable de *la Nativité de la Vierge* et sous le patronage de sainte Anne. Huit jours après, le 30 septembre, les six points fondamentaux de la règle furent soumis à la communauté qui les approuva à l'unanimité moins deux voix.

Mgr de la Croix, de son côté, s'occupait activement de l'installation des sœurs à Auch même, mais il rencontrait, à ce sujet, de très grandes difficultés à raison des bâtiments qu'il avait en vue. Dans l'espoir d'une solution conforme à son désir, le prélat

ne voulant rien compromettre par trop de
précipitation se résignait à temporiser aussi
longtemps qu'il lui serait possible d'entre-
voir quelques chances de parvenir à son but.
Cette situation entravait beaucoup la marche
de l'entreprise; cependant une première
école put être ouverte à l'Ile-de-Noé, au
mois d'octobre, sous la direction de deux
nouvelles sœurs envoyées de Gap par le
P. Lagier.

Les premiers mois de l'année 1848 se passèrent dans la même situation, puis toutes
chances d'aboutir à une installation à Auch
ayant disparu, Mgr de la Croix prit la résolution de transférer le jeune noviciat à Lectoure, dans les bâtiments devenus vacants
du grand séminaire. La petite colonie, forte
de sept novices, prenait possession, le
2 novembre 1848, de son siège définitif et
allait pouvoir, comme la maison-mère,
prendre un développement progressif.

Tandis que les soucis du choix du lieu où
elles pourraient planter leur tente absorbaient
les bonnes sœurs de la Gascogne, la maison-

mère était préoccupée, elle, de la rédaction de sa règle. Persuadée qu'en cette matière la précipitation est funeste, rien n'était négligé pour ne procéder qu'avec prudence et sagesse.

En dehors de cette grave occupation peu d'événements saillants à signaler. Il convient cependant de mentionner une lettre, datée du Grand-Villard, 5 février 1848, par laquelle M. Cordier, jeune prêtre, neveu de M. Borel, vicaire général, récemment engagé dans les missions étrangères, se recommandait, à la veille de son départ pour la Cochinchine, aux prières de la communauté.

A ce simple souvenir se rattachent une bien grande émotion et une scène bien touchante. En effet, il y a quelques jours à peine, (septembre 1888), le jeune abbé, après quarante années d'un apostolat non interrompu, étant venu respirer pendant quelques mois l'air de la chère et inoubliable patrie, se retrouvait au milieu de la même communauté, mais portant au front une double couronne, la couronne de cheveux blancs et la mitre pastorale.

Comme Mgr Borghi, évêque d'Agra, Mgr Cordier, évêque du Cambodge et de l'Annam, a fait battre bien des cœurs au récit de ce qu'il en coûte de peines, de privations, de sacrifices, de dangers pour aller porter au-delà des mers les plus lointaines, sur des rivages inhospitaliers, à des peuplades barbares, presque toujours cruelles, les douces paroles de l'Évangile du Christ ! Et les mêmes adjurations de s'élever vers le saint prélat : Monseigneur, Monseigneur, associez nous à vos travaux, faites-nous partager vos souffrances et vos dangers !

Le 15 juin 1848, la Congrégation reçut un témoignage vivant des prodiges de charité qu'enfante sans cesse la foi chrétienne. Un autre missionnaire, le P. Ollivier, déposait entre ses mains et confiait à sa tendresse et à ses soins, deux jeunes négresses, Aouva, âgée de huit ans, Mastoura, âgée de dix ans, toutes deux arrachées en Afrique, au plus odieux esclavage. Deux autres négresses de

la même provenance, furent également confiées au couvent du Très-Saint-Cœur de
Marie ; un grand nombre de ces pauvres
enfants avaient été placés ainsi dans diverses
maisons religieuses de France et d'Italie.

En retraçant ce qui se rattache à l'année
1848 nous avons, à dessein, franchi un épisode touchant qui, dans l'ordre du temps,
appartient au commencement même de cette
année : la mort de Suzanne Razaud, pour
quelques instants *sœur Sainte-Marthe*, sur-
venue le 31 janvier. Nous avons voulu repor-
ter à la fin de cette période, ce modeste
événement des premiers jours, pour nous y
reposer comme sur le plus parfait exemple
de travail, de sacrifice, de dévouement,
d'humilité.

Suzanne Razaud était depuis bien longtemps dans la maison. Ardente à la prière
comme à l'ouvrage, rien n'épuisait ses forces, n'altérait son dévouement, ne lassait sa
constance, ne trouvait sa modestie en défaut.
Les travaux les plus grossiers et les plus
pénibles ne pouvaient être partagés lors-

qu'elle était là ; elle se les appropriait, elle
en faisait sa chose et malheur à qui eût touché
à la part que la lionne s'était faite.

Suzanne Razaud avait pourtant une aide,
une compagne, une amie fidèle ; elle avait
Cocotte. — Cocotte était la bonne vieille
jument grise du couvent, la vraie bête du
bon Dieu. Cocotte et Suzanne étaient rivées
l'une à l'autre ; à elles deux elles avaient
fait le charroi de la plus grande partie des
matériaux employés aux constructions. A
leurs moments de loisir, l'une traînait, l'autre
conduisait la carriole — notre respect pour
la vérité ne nous permet pas de dire la
voiture — à laquelle mère Élisabeth et le
P. Lagier avaient recours lorsqu'ils avaient
à visiter des écoles éloignées.

Une vie si modestement parcourue, si
laborieusement remplie, ne pouvait s'éteindre que d'une manière angélique. Lorsque
la maladie dont fut atteinte la sainte fille
parut ne plus laisser place à aucun espoir de
guérison, mère Élisabeth voulut lui donner
une grande et dernière marque de sa haute

estime et de son affection. Elle lui imposa
de faire profession et de recevoir l'habit
religieux, ce à quoi la bonne Suzanne n'avait
jamais voulu consentir, soit par humilité,
soit afin de pouvoir plus librement vaquer à
ses pénibles travaux.

Eh bien! dit la pauvre fille, ne voulant
pas désobéir à sa mère, eh bien! j'y consens
malgré mon indignité, mais à la condition,
toutefois, que vous m'assurerez que je
mourrai aussitôt après, car si je devais vivre
encore, ma tâche en ce monde et envers
vous ne serait pas remplie, et je voudrais
la continuer comme par le passé.

La cérémonie fut célébrée dans la prière
et dans les larmes ; à peine terminée, la
condition dictée par la pauvre malade s'ac-
complissait ; sœur Sainte-Marthe rendait sa
belle âme à Dieu et s'envolait vers lui sous
le voile des Sœurs de la Providence.

La rédaction de la règle touchait à sa fin
et Mgr de la Croix déclarait vouloir prendre
à sa charge les frais de son impression. Elle
fut terminée le vendredi saint, 6 avril 1849,

sauf quelques points d'importance secondaire, et lecture en fut donnée à toutes les sœurs professes, réunies à cet effet, en conseil extraordinaire ; elle reçut une approbation unanime. Quelques jours après, les dernières lacunes ayant été comblées, le guide si soigneusement élaboré, si impatiemment attendu était livré à l'impression. Le 29 juin suivant, le père Lagier le rapportait d'Auch, et le 2 juillet, en surplis, debout sur la première marche de l'autel de la chapelle, il en faisait solennellement la remise à chacune des sœurs ; deux mots le résument tout entier : *Simplicité, charité*.

Saint Vincent de Paul inscrivant en tête des statuts de son admirable institution des *Filles de la charité*, ces mots mémorables qui devaient enfanter tant d'héroïnes : *Pour cloître, je vous donne le monde ; pour grilles, la vertu ; pour voile, la modestie*, ajoutait : mais vous ne marcherez jamais qu'au nombre de trois, au moins, sur la voie sans limite que je vous ouvre. Le vénérable abbé Moye, on l'a vu, inscrivait la même devise sur la bannière de ses sœurs, mais en la modifiant par ces mots tracés d'une main hardie : *Et sur le chemin que je vous ouvre, vous pourrez marcher même* SEULES. Cette hardiesse n'a effrayé ni Mgr de la Croix, ni Mgr Depéry, ni le P. Lagier : le caractère propre de la congrégation des sœurs de la Providence, son esprit, sa règle, tout est là.

VI

L'institution des frères enseignants que le P. Lagier avait fondée avant que la direction de la congrégation des sœurs de la Providence ne lui eût été remise par Mgr de la Croix, était pour lui un lourd surcroît d'occupation auquel ses forces ne pouvaient vraiment plus suffire. C'était pour lui la cause d'un grand chagrin et d'une pénible inquiétude. Ne voulant à aucun prix abandonner les jeunes gens qu'il avait appelés à lui, ne pouvant partager leurs travaux, il prit la sage résolution de solliciter leur admission dans l'Institut des Frères des Écoles chrétiennes et, depuis quelque temps des négociations actives étaient engagées à ce sujet. De son côté, la municipalité de la ville, nantie à cet effet d'un legs important, demandait au Frère supérieur général de cet institut, de vouloir bien se charger de la direction de l'école communale de Gap. Le frère Philippe, de vénérée mémoire, réservait un accueil favorable à ces deux demandes et le P. Lagier en reçut l'assurance par une lettre du 26 février 1849 qui le combla de joie.

Cette année 1849 semblait devoir n'apporter que des jours d'allégresse : dans le courant du mois de juillet la congrégation prit part, pour la première fois, aux examens pour l'obtention du brevet d'institutrice. Cinq de ses membres s'y présentèrent, trois : sœur Saint-Laurent, sœur Marie de la Croix, sœur Saint-Louis les soutinrent avec succès;

Le 19 août eut lieu le baptême des jeunes

négresses ; le 27 septembre, la réélection
de mère Élisabeth comme supérieure générale ; le 15 octobre, un admirable épisode de
la vie du vénérable abbé Viannay, curé
d'Ars. — Quelques mots sur ces jours de
bénédiction.

Aouva et Mastoura, entrées dans la maison
le 15 juin 1848, y avaient été déposées dans
un état d'esprit plus inculte encore qu'on ne
saurait se l'imaginer ; elles avaient tous les
goûts, tous les instincts, tous les mouvements désordonnés de petites sauvages. Il
fallut assouplir leur caractère, modérer leurs
bonds et leurs cris, leur apprendre la langue. Eh bien ! la transformation à opérer
coûta sans doute beaucoup de peine, bien des
efforts ; mais grâce à la patience et à la
douceur, ces puissants leviers auxquels rien
ne résiste, elle ne se fit pas trop longtemps
attendre. Quatorze mois après, la bonne
sœur Saint-Laurent, dont le souvenir vivra
toujours dans la maison, avait amené les
deux petites africaines à comprendre parfaitement le français, à le parler et à l'écrire

assez bien, à savoir et à comprendre parfaitement le catéchisme. Leur baptême fut fixé au 19 août.

La cérémonie frappa d'une grande émotion toutes les personnes qui en furent témoin, c'est-à-dire la ville entière, car la ville entière y assistait. La cathédrale ne pouvait contenir la foule, et c'était un spectacle étrange que de voir le saint lieu envahi jusque sur les appuis des fenêtres et le rebord des corniches auxquelles il était possible d'atteindre.

Les jeunes négresses, modestes et recueillies sous leurs vêtements blancs, parfaitement conscientes de ce qui allait s'accomplir pour elles, attiraient tous les regards. L'attention se portait surtout et avec une sympathie particulière sur Mastoura, la plus âgée. On sentait bien, en les voyant, l'une et l'autre, que l'on avait sous les yeux de jeunes plantes exotiques, nées sous des climats plus chauds et ne recevant de notre soleil que des rayons trop attiédis pour achever leur développement, mais c'est surtout la pauvre petite Mastoura qui se montrait le plus languissante et souffreteuse.

Lorsque l'eau baptismale eut coulé sur leur front, M. l'abbé Blanchard (Chrysostôme), termina la cérémonie par une allocution en rapport avec la circonstance. Quel sera votre sort, chères enfants, dit-il en finissant, resterez-vous où vous êtes, là où vous serez toujours l'objet de la tendresse des pieuses filles du Seigneur qui vous ont recueillies? Retournerez-vous dans les régions embrasées qui vous ont vu naître ? Si c'est cette dernière destination que les desseins de Dieu vous assignent, répandez son saint nom dans ces terres lointaines, répandez-y son évangile et la pratique des vertus dont vous avez reçu ici l'exemple.

Ni l'une ni l'autre de ces prévisions ne devait se réaliser; quelques mois après, le 23 décembre, la pauvre Mastoura rendait sa bonne petite âme à Dieu et s'endormait pour toujours sous la couronne non encore défraîchie de son baptême.

M. l'abbé Faure, curé de Sainte-Euphémie

(Drôme) faisait depuis longtemps de vains efforts, pour établir dans sa paroisse une école de jeunes filles dirigée par une sœur de la Providence et pour donner à son église des ornements et des vases sacrés convenables ce dont elle était tout à fait dépourvue; une somme de 6000 francs était nécessaire pour amener ses projets à bonne fin.

A bout d'expédients M. l'abbé Faure eut la pensée d'implorer l'assistance du curé d'Ars, dont la sainteté était universellement proclamée. Il se rendit donc auprès du saint homme, lui exposa ses projets et sa détresse, et sollicita le secours de ses prières dont il attendait avec une grande confiance les plus heureux effets. Hé bien! je prierai la Vierge Marie pour vous, dit le vénérable curé au visiteur, et M. Faure se retira et partit pour Lyon où il resta quelques jours.

Pour rentrer dans sa paroisse M. l'abbé Faure devait passer par Valence; il s'y arrêta afin de rendre compte à Monseigneur de son entrevue avec le saint curé d'Ars.

— Mais je suis bien mieux renseigné que

vous, M. l'abbé, lui dit Sa Grandeur en lui remettant une bourse contenant 6000 francs.

— Mais qu'est-ce à dire Monseigneur, je ne saisis pas, je ne comprends pas.

— C'est pourtant bien simple, vous êtes allé solliciter les prières du vénérable curé d'Ars, il vous a promis d'implorer pour vous l'assistance de la Vierge.

— Oui, Monseigneur.

— Eh bien ! le curé d'Ars a tenu sa promesse, il a imploré la Vierge et, le lendemain au moment où il se rendait à l'église pour sa messe matinale, une dame inconnue qu'il n'avait jamais vue avant, qu'il n'a pas revue depuis, l'arrêtant sur le seuil du sanctuaire a remis entre ses mains la bourse qui est en ce moment dans les vôtres, en lui disant ces simples mots : *Voici ce que vous m'avez demandé.*

Nous n'essayerons point de dépeindre le trouble, l'émotion, la joie, la surprise qui agitaient simultanément l'âme du prélat et du digne prêtre ; bornons-nous à constater que, peu de temps après, une sœur de la Providence ouvrait l'école de Sainte-Euphé-

8

mie, que la population entière, non sans raison, croyait fermement recevoir des mains de la sainte Vierge elle-même.

La Congrégation poursuivait sa marche progressive, le jeune arbre poussait paisiblement ses rameaux. Les excellents résultats obtenus partout où les sœurs dirigeaient une école et prodiguaient leur assistance à toutes les infortunes provoquaient de proche en proche et même au loin la création d'écoles nouvelles; le Gers, la Drôme, lui faisaient appel et lui confiaient fréquemment des postes nouveaux. Les manifestations sympathiques, souvent enthousiastes, par lesquelles mère Elisabeth et le P. Lagier étaient accueillis lors de leurs visites, étaient une marque non équivoque de la place que, partout, la Congrégation occupait dans l'estime et dans l'affection des populations.

Ici (mars 1850) se place un point noir sur lequel nous devrions peut-être jeter un voile. Mais pourquoi le ferions-nous puisque la vérité n'en supporte pas, puisque l'impartialité de l'histoire s'y oppose ?

Une sœur, nous tairons son nom, déclarait à Mère Elisabeth, que succombant sous le poids de ses vœux elle était déterminée à les rompre. Prières, instances, exhortations pour la détourner de sa coupable défection demeurèrent infructueuses et l'infortunée sortit de la maison.

Le remords ne devait pas tarder à la suivre, à s'attacher à ses pas pour ne plus la quitter. Quelque temps après, en proie aux plus vifs regrets, la malheureuse venait mais en vain, implorer sa rentrée au bercail ; mère Elisabeth devait se montrer inflexible, elle le fut. « Demandez pardon à Dieu, dit-elle à la transfuge, faites pénitence dans le monde afin d'apaiser sa justice, mais il ne peut plus y avoir ici de place pour vous. »

Atterrée, désespérée, la pauvre pénitente détachant de son cou une chaîne en or qui l'entourait et la remettant à mère Elisabeth : Du moins, lui dit-elle avec des larmes, accordez-moi la faveur de déposer aux pieds de la bonne Vierge de votre sainte maison, ce modeste ornement, le seul que je possède ;

qu'elle me prenne en pitié, oh! oui qu'elle
ait pitié de moi. Cette offrande du repentir a
reçu et conserve toujours sa destination.

L'infortunée traîna pendant quelque temps
encore une existence malheureuse ; regrets,
chagrins, remords la conduisirent rapidement au terme de sa course; elle mourut
tenant dans les mains son chapelet; puisse-
t-elle, par ses prières et par son repentir,
avoir obtenu clémence et miséricorde.

Dans le courant du mois de juin 1850,
l'administration supérieure de l'instruction
publique rendant hommage au dévouement
avec lequel les sœurs s'acquittaient de leur
tâche et aux résultats obtenus dans leurs
écoles décerna des mentions honorables à
plusieurs d'entre elles [1].

Au mois d'octobre suivant, le P. Lagier
ouvrit une école gratuite, à Gap, sans autre
dessein que de pouvoir mieux former les
sœurs destinées à l'enseignement. Quelques

[1] La suite a dignement répondu à ce premier début, les
sœurs ont obtenu : douze médailles d'argent, vingt-trois
médailles de bronze et quarante-trois mentions honorables.

semaines à peine s'étaient écoulées que cette école comptait trois cent cinquante élèves tandis qu'une trentaine à peine avaient continué à suivre les cours de l'école communale tenue par une institutrice laïque. Cette situation s'étant prolongée pendant les deux années suivantes, la municipalité adopta la nouvelle école pour école communale.

Une autre école, oh! intéressante entre toutes celle-là, s'ouvrait encore le 22 novembre de la même année et voici dans quelles circonstances.

La bienheureuse patronne du sanctuaire de Notre-Dame du Laus est née le 29 septembre 1637, à Saint-Étienne-d'Avançon au chef-lieu même de la commune. La petite masure dans laquelle elle vint au monde, quoique étant une propriété privée, était visitée chaque année par beaucoup de pèlerins désireux de s'agenouiller devant la petite statue de la Vierge si chère à la sainte bergère et qui était placée au-dessus de son lit.

En 1850, un violent incendie détruisit presque entièrement le village de Saint-

Étienne. La maison de sœur Benoîte ne fut
pas épargnée par le fléau auquel sa vétusté
et sa construction presque toute en bois
offraient une proie facile. Elle devait être, elle
ne pouvait pas ne pas être anéantie; elle ne
le fut pas cependant. Quelqu'un veillait sur
elle qui, livrant au désastre toute la part
qu'une construction prévue et voulue, sans
doute, pouvait réédifier, préservait de la
ruine la chambre sanctifiée par l'humble
bergère; les flammes soumises venaient s'é-
teindre au seuil du modeste sanctuaire sans
altérer, même par la fumée, la robe blanche
de la petite statue de la protectrice invisible.

Mgr Depéry, accouru sur les lieux du
sinistre pour distribuer des secours et des
consolations aux malheureuses victimes,
acheta les précieuses ruines et les fit aussitôt
relever. La masure de sœur Benoîte devint
sous sa main une jolie construction renfer-
mant la chambre de la sainte, transformée
en chapelle, un dispensaire pour les pauvres, une bibliothèque pour tous et une école
pour les enfants. C'est cette école qui a

été qualifiée plus haut d'intéressante entre toutes.

Plus tard Mgr Depéry légua le petit édifice à la Congrégation des sœurs de la Providence, à la condition d'y entretenir à perpétuité une sœur chargée de présider à la triple institution ; à condition encore que cette sœur porterait le nom de *sœur Benoîte*, qu'elle aurait toujours à sa disposition une chèvre, comme sa sainte patronne et un petit jardin pour y cultiver des fleurs pour la Vierge du sanctuaire.

VII

Mère Elisabeth qui suivait tout d'un œil attentif et maternel sentait son cœur se déchirer au récit que trop souvent, hélas ! lui faisaient les sœurs directrices d'écoles lorsque la mort frappant les parents de leurs élèves, certaines d'entre elles demeuraient orphelines sans ressources et sans appui.

Alors, de concert avec le P. Lagier, elle son-
geait à ouvrir à ces pauvres enfants un asile
dans sa maison même, malgré la pénurie et
les charges toujours très grandes qui pesaient
sur elle.

Le 27 avril 1852, mourait à Gap, dans
une petite masure avoisinant le couvent, une
pauvre veuve du nom de Rambeaud, laissant
dans la plus complète misère deux petites
filles, l'une Césarine âgée de douze ans, l'autre
Euphrosine, âgée de sept ans. Expulsées par
le propriétaire de leur taudis aussitôt après
la sortie du corps de leur mère, les malheureuses enfants demeuraient littéralement
sans abri et sans pain. Mère Élisabeth in-
struite de leur déplorable situation, par M. le
docteur Roubeaud, les envoya prendre par
chère sœur Marie de la Croix, les confia
particulièrement aux soins de sœur Marie-
Régis..., l'orphelinat était fondé.

Afin de l'asseoir sur des bases solides, d'en
assurer le développement et la bonne direction, le P. Lagier, sœur Saint-Laurent et
sœur Régis, visitèrent pendant le mois de

juin les orphelinats des *Jeunes économes* et
celui des sœurs de Saint-Vincent-de-Paul,
à Grenoble, des sœurs de Sainte-Marthe, à
Romans. Là les visiteurs rencontrèrent sœur
Sainte-Ursule. Sœur Sainte-Ursule, était
fort âgée; elle avait été à la tête de l'orphelinat pendant la première Révolution; elle
avait beaucoup vu, beaucoup retenu et aimait
à le dire. Des anecdotes qu'elle raconta, nous
ne rapporterons que celle qui avait laissé la
plus forte impression dans son souvenir.

C'était en 1793, disait-elle, nous étions
constamment dans des transes mortelles en
apprenant les violences dont les ordres religieux étaient alors l'objet. Notre tour ne pouvait manquer d'arriver; il arriva en effet.
Un nombreux rassemblement d'hommes en
proie à une extrême exaltation, brandissant
dans leurs mains les armes les plus dispa-
rates, piques, sabres, fusils, baïonnettes
emmanchées à des hampes de bois entou-
raient la maison. Plusieurs y pénétrèrent
nous sommant d'en sortir sous peine de voir
mettre tout à feu et à sang. Nous étions

glacées de terreur, lorsque soudainement inspirée, ouvrant toutes grandes les portes de la salle où nos orphelines étaient réfugiées: Et ces enfants, leur dis–je, qu'en ferez-vous?

A cette vue toute exaltation s'éteignit, tous s'apaisèrent. Soit, s'écria-t-on de toutes parts, soit gardez–les, mais criez vive la Ré- publique! — Eh bien! vive la République, m'écriai-je et depuis lors nous ne fûmes jamais plus inquiétées.

P. Lagier, sœur Saint-Laurent et sœur Régis, visitèrent encore les orphelinats des Trinitaires à Valence et de Sainte-Marthe à Montélimar. Nantis des précieuses indica- tions fournies par les divers règlements qui leur furent partout très obligeamment com- muniqués, ils rentrèrent à Gap le 12 juin et trouvèrent déjà dix orphelines dans leur propre orphelinat.

La rédaction du règlement fut aussitôt en- treprise; ses dispositions sont, en grande partie, empruntées aux règlements des orphe- linats des sœurs de Saint-Vincent-de–Paul et des Jeunes économes de Grenoble.

Ainsi fut définitivement constituée cette institution si intéressante, objet de la profonde sympathie de tous, refuge tutélaire où la pauvre petite infortunée dépourvue de tout, retrouve un abri sûr, une protection vigilante et dévouée, les soins et l'affection de la mère qu'elle a perdue.

Le P. Lagier avait plusieurs fois déjà reçu l'invitation d'aller visiter la maison de Portieux; sœur Constance, consultée sur le projet de la création de l'orphelinat y avait applaudi chaudement et conseillé, en outre, la création d'un pensionnat. A cette occasion, de gracieuses instances furent renouvelées auprès du P. Lagier qui ne crut plus pouvoir différer de s'y rendre. L'accueil le plus empressé l'attendait; il partit, et, par sa présence, il cimenta fortement une union d'esprit et de cœur qui n'a jamais cessé et ne cessera jamais d'exister entre les servantes du Seigneur qui, descendant du vénérable abbé Moye, leur auteur commun, sont reliées entre elles par de véritables liens de famille. Plusieurs objets ayant appartenu au saint fondateur furent donnés au P. Lagier par la supérieure générale ; ils sont conservés ici avec un pieux respect.

L'anné 1853, s'ouvrit par la création d'une œuvre très intéressante dont la congrégation crut devoir décliner l'entreprise, mais qu'elle fut chargée d'établir et de diriger dans ses premiers pas.

Mme la baronne de Montrond, habitait Recoubeau, près Die (Drôme). Le dévidage de la soie, principale industrie du pays, y est fait à peu près exclusivement par de jeunes filles. Le nombre des dévideuses est très considérable et c'est souvent par centaines qu'elles sont employées dans une seule usine. Mme de Montrond douloureusement émue de l'insuffisance de la surveillance exercée sur ces jeunes ouvrières, de leur abandon sous le rapport de l'instruction primaire et religieuse, sentit combien il serait nécessaire d'établir dans les filatures quelques religieuses chargées de la direction morale et de l'instruction de tant de jeunes filles livrées sans défense à tous les dangers qu'entraîne, dans les grandes agglomérations, le défaut de surveillance et de discipline, et elle résolut d'en tenter l'entreprise.

Mgr Chatrousse, consulté sur ce point, approuva grandement ce louable dessein et le seconda de tout son pouvoir. Le P. Lagier, à qui Monseigneur en proposa la réalisation, ne crut pas pouvoir assumer cette nouvelle charge, à raison de la spécialité toute particulière de l'œuvre. Cette observation judicieuse fut comprise et goûtée comme elle méritait de l'être, et il fut décidé qu'une congrégation spéciale serait formée dans ce but.

C'est un grand honneur, pour la maison de la Providence, d'avoir été appelée à réaliser la généreuse pensée de Mme de Montrond. Il fut convenu, à cet effet, que les premières novices de la nouvelle congrégation viendraient passer quelques mois au noviciat de Gap pour s'y initier à la vie religieuse ; que sœur Marie de la Croix, assistante, irait ensuite passer quelque temps à Recoubeau pour y organiser la nouvelle communauté et la diriger dans ses premiers pas et enfin que si, contre toute attente, le succès devait ne pas sourire à l'entreprise, la maison de Gap ouvrirait ses portes à celles des sœurs qui désireraient y poursuivre leur vocation religieuse.

Cette dernière prévision ne s'est pas réalisée, et la petite congrégation a suivi très heureusement son chemin sous le nom *des Très Saints Cœurs de Jésus et de Marie.* Elle fut affiliée à la congrégation de la Providence et, en témoignage de sa haute estime, Mgr Chatrousse en confia la direction au P. Lagier qui s'était si vivement employé pour elle.

Le nombre des religieuses ne cessait de progresser ainsi que celui des écoles ; la sympathie, la confiance des populations grandissaient aussi, le P. Lagier le constatait avec bonheur dans toutes ses visites. Pendant qu'il inspectait les écoles du Briançonnais, il devait recevoir une preuve bien manifeste et bien précieuse pour lui, du soin apporté par toutes ses sœurs à l'accomplissement de leur mission, de l'estime et de l'affection que leur conciliaient partout leur bonté et leur dévouement.

Il restait à voir l'école de Ville-Vallouise et le P. Lagier redoutait beaucoup cette visite craignant d'entendre là une note discordante, parce qu'une nièce du curé était entrée au noviciat contre le gré et malgré la vive opposition de son oncle. Mais les bonnes sœurs par leur dévouement, par leur simplicité et par les heureux résultats qui couronnaient leurs efforts avaient apaisé tous les ressentiments, et tandis que le bon Père sentait redoubler ses craintes à l'approche d'un confrère irrité et d'une population indisposée contre lui, le tintement de la cloche frappant son oreille lui apprenait qu'il se passait quelque chose d'extraordinaire au village. C'était, en effet, la population tout entière qui, son curé en tête, venait au-devant du visiteur lui faire une réception enthousiaste et lui montrer avec satisfaction la longue file de ses petits enfants si admirablement soignés par ses sœurs.

Le bureau de bienfaisance de Gap, toujours à la recherche des moyens les plus propres à soulager les malheureux, décida, dans le courant du mois d'août 1852, qu'il serait établi un fourneau pour la préparation de soupes à distribuer gratuitement aux indigents pendant la mauvaise saison, de Noël à Pâques. Heureuse de s'associer à cette œuvre excellente, la Congrégation s'empressa d'accepter le soin de préparer ces soupes qui offrent aux pauvres une bien précieuse ressource.

A la fin de 1853 la Congrégation, non compris Lectoure, dirigeait cent trente-deux écoles, dont vingt-cinq dans la Drôme, deux dans l'Isère, deux dans les Basses-Alpes. Elle comptait cent soixante-six religieuses.

VIII

L'année 1854 réservait une cruelle et terrible épreuve à nos malheureuses populations des Alpes; dans le courant du mois de juillet le choléra y éclata tout à coup avec une violence inouïe. Le sinistre fléau promena partout ses ravages semant la mort — souvent foudroyante — l'épouvante et la terreur. Bien des villages furent décimés, tous furent atteints; la ville de Gap, sur une population de 8000 âmes, eut à compter jusqu'à vingt-trois décès par jour. La consternation était à son comble.

Le P. Lagier monte en chaire, fait un tableau déchirant de la situation, raconte que dans bien des localités, les victimes atteintes du mal redoutable sont abandonnées même par leurs proches et demande des sœurs généreuses et de bonne volonté pour courir au secours de tant de malheureux. Toutes, toutes, toutes ; nous voilà, nous voilà ! et la Communauté entière, sans une seule exception, demande à partir sur le champ.

Quelques instants après le P. Lagier mettait toutes ses chères filles à la disposition du préfet et du maire ; il donnait l'ordre de fermer les écoles et invitait les sœurs à ne plus s'occuper, dans chacune de leurs com-

9

munes, que du soin des malades. Partout, avec une admirable abnégation, les saintes filles rivalisèrent de zèle et de dévouement pour soigner ceux qu'avait atteints l'épidémie, pour faire ensevelir les morts et pour relever le courage des survivants attérés.

Une médaille d'or conférée par le gouvernement à la congrégation; une adresse de félicitations et de remerciements votée par le conseil municipal apportèrent peu après à la bonne mère Élisabeth le témoignage précieux à son cœur que toutes ses filles avaient fait noblement, généreusement leur devoir[1]. La Providence, de son côté, s'était montrée bienveillante : pas une seule sœur n'avait été atteinte par la contagion.

Mère Elisabeth devait, peu de temps après, ressentir une autre grande satisfaction en recevant de la sacrée Congrégation des Évêques et Réguliers, un *décret laudatif*

---

[1] Une seconde invasion du même fléau a eu lieu en 1884 ; les sœurs de la Providence ont déployé le même zèle et le même dévouement; cinq d'entre elles ont reçu une médaille d'argent.

des constitutions de sa chère Congrégation. Ce décret est daté de Rome, 24 février 1855.

L'admirable dévouement dont firent preuve les sœurs de la Providence pendant le cours de l'affreuse épidémie dont nous venons de parler, attira sur elles davantage encore l'attention du public qui dès lors ne cessa de les appeler auprès des malades; jusque-là, les pauvres seuls avaient été l'objet de leurs soins. Pour répondre aux demandes chaque jour plus pressantes et plus nombreuses, le personnel était insuffisant, et l'on vit, pendant assez longtemps, jusqu'à l'achèvement de l'organisation toute spéciale de ce nouveau service, le touchant spectacle de sœurs chargées de classes, répondant le soir à l'appel de l'assistante, s'offrir pour aller passer la nuit auprès des mourants, et reprendre le lendemain, leur travail accoutumé [1].

L'œuvre des garde-malades n'a cessé,

---

[1] Le même dévouement se reproduit toutes les fois qu'une cause accidentelle l'exige, ce qui arrive fréquemment.

depuis, de remplir sa tâche à la satisfaction
de tous ; riches et pauvres reçoivent indistinctement les soins des bonnes sœurs ; qui ne
sait qu'elles y mettent tout leur dévouement
et tout leur cœur ?

L'orphelinat ouvrant un asile aux petites
filles abandonnées appelait une institution
complémentaire offrant une école de travail et
les bienfaits d'une bonne direction à celles
qui, bien qu'ayant leur famille, n'y peuvent
recevoir tous les soins désirables ; c'est à la
généreuse association des *Dames de la Miséricorde* de la ville que revient le mérite
d'avoir comblé la lacune en fondant un
Ouvroir qui, sous son patronage, remplit
admirablement son importante tâche. La
direction en fut confiée aux sœurs de la
Providence (21 novembre 1855).

IX

La pensée du P. Lagier était invariablement fixée vers le même but :   justifier

chaque jour davantage la qualification d'*enseignante* et d'*hospitalière* donnée à sa congrégation. Le nombre des écoles augmentait sans cesse, il n'était même pas toujours possible de satisfaire à toutes les demandes d'ouverture d'écoles nouvelles. Le perfectionnement de la méthode d'enseignement était l'objet d'une sollicitude constante ; afin d'en assurer l'uniformité, une circulaire périodique allait être adressée à toutes les sœurs directrices d'écoles. L'orphelinat, lui aussi, étendait chaque jour son action bienfaisante et maternelle ; l'Œuvre des garde-malades suivait également sa voie avec zèle et dévouement ; tous ces services avaient reçu une organisation propre à en assurer la stabilité, l'heure était donc venue d'aller au-devant de quelque autre infortune — c'est sur les sourds-muets que le choix s'arrêta.

Rendre la vie intellectuelle à de pauvres êtres qui en sont privés ; réveiller leurs facultés éteintes faute d'aliments ; ouvrir leur esprit à la connaissance des grandes vérités

de la morale et de la religion; telle était la
tâche à entreprendre. Certes, elle était bien
faite pour entraîner la charité du bon Père,
mais combien n'était-elle pas difficile à
remplir! Tout lui faisait défaut : connaissance des méthodes, maîtres, local même.
Mais qu'importait que la carrière fût laborieuse et ardue; le P. Lagier n'était pas de
ceux qui considèrent le seuil et les pierres du
chemin; il ne considérait lui, que le terme
auquel il conduit, et il se mit résolument à
l'œuvre.

Trois jeunes sourds-muets furent recueil-
lis; une sourde-muette, de Saint-Crépin,
récemment sortie d'un établissement spécial
dont elle avait suivi les cours d'une manière
satisfaisante fut instituée maîtresse de ce
premier noyau dont la surveillance et la
direction furent confiées à sœur Théodosie
(janvier 1856).

Le premier pas était fait; c'était beaucoup, sans-doute, mais dès les premiers
mouvements il ne fut pas difficile de comprendre qu'avec des éléments aussi rudimen-

taires il ne serait possible d'aller non pas vite
et loin, mais seulement de marcher longtemps. C'est pourquoi sœur Théodosie fut
envoyée à Paris pour passer quelques mois
à l'Institut national afin de s'y former et d'y
acquérir les connaissances nécessaires à son
nouvel emploi. La bonne sœur se consacra de
cœur et d'âme à cette étude toute nouvelle et
revint après avoir obtenu le certifiat d'aptitude spéciale.

Dès lors le jeune établissement put commencer à se développer; d'ailleurs aucun
sacrifice ne fut épargné pour le tenir constamment au courant des perfectionnements
apportés dans les méthodes. C'est à cet effet
que, tous les deux ou trois ans, deux des
sœurs chargées de cet enseignement tout
spécial, allaient faire un séjour plus ou moins
long dans les principaux établissements ; les
institutions de Chambéry, Lyon, Saint-
Étienne, etc., furent successivement visitées.
C'est au cours de ces investigations que les
visiteuses furent mises à même d'assister
aux premiers essais d'une méthode nouvelle,

opérant une révolution complète dans les divers modes d'enseignement suivis jusqu'alors et promettant les plus heureux résultats : la méthode *orale pure*.

L'œuvre de l'éducation des sourds-muets est tellement l'objet de la sympathie publique, que bien des personnes, peut-être, ne liraient pas sans intérêt un exposé des voies suivies et des moyens employés jusqu'à ce jour, pour remplir une tâche si délicate et si difficile. Nous allons essayer de le présenter d'une manière aussi complète et aussi succincte que possible.

La surdité et le mutisme peuvent tenir à des causes diverses: causes congéniales ou vices dans la conformation des organes de l'ouïe et de la voix ; causes accidentelles survenues ultérieurement. Le siège de l'infirmité peut, enfin, être dans le cerveau, centre général d'où part l'impulsion nécessaire pour la mise en action de tous les organes.

On comprend aisément que, dans ce dernier cas — lorsque la lésion a pour siège le cerveau — les conséquences funestes qu'elle entraîne peuvent n'atteindre que les organes de l'ouïe ou de la voix, mais qu'elles peuvent aussi s'étendre à l'intelligence même et la réduire plus ou moins ou la supprimer entièrement. Nous prendrons donc pour type, dans ce qui va suivre, le sourd-muet d'intelligence moyenne.

L'intelligence est la faculté de connaître ; pour connaître il faut des données, des matériaux sur lesquels la connaissance puisse s'exercer. Ces matériaux sont fournis par les sens qui sont les agents qui nous mettent en rapport avec le monde extérieur, et par la conscience, ou perception interne, qui nous met en rapport avec nous-mêmes.

Mais ces phénomènes ne seraient susceptibles d'aucune connaissance s'ils étaient fugitifs ; il est nécessaire qu'ils demeurent à notre disposition, c'est l'office important que nous rend la mémoire. Cette dernière faculté, en nous restituant par le souvenir divers phénomènes par nous perçus, nous conduit à l'association des idées et enfin, comme étape nouvelle, à l'imagination, par la disposition des matériaux conservés, dans un ordre différent de celui dans lequel ils se sont présentés.

Ces fonctions qui sont communes à l'homme et à l'animal sont remplies par les sens; elles s'accomplissent machinalement en nous, mais tout en étant préalablement nécessaires, elles demeureraient stériles, si des opérations d'ordre supérieur, purement intellectuelles, n'en élaboraient les produits. Cette élaboration de l'intelligence dérive tout entière du pouvoir de saisir des rapports entre les diverses données fournies par les sens.

L'aperception d'un rapport entre deux choses constitue le jugement. Ainsi le rapport existant entre l'aile de l'oiseau et le vol de cet oiseau conduit à prononcer le jugement que le vol est la fin pour laquelle l'oiseau a été pourvu de ses ailes.

L'aperception d'un rapport de similitude, par exemple la similitude qui existe entre un homme et tous les autres hommes, un chêne et tous les autres chênes, engendre la généralisation.

Enfin, saisir un rapport entre deux rapports déjà aperçus, c'est raisonner, ainsi : tous les hommes sont mortels, je suis homme, donc je suis mortel.

Voilà, dans son ensemble, l'exposé de toute l'activité intellectuelle.

Nous avons pris pour type un sourd-muet d'intelligence moyenne, c'est-à-dire pourvu de toutes les facultés, de tous les sens qui servent l'intelligence dans l'homme, tous les sens moins un : l'ouïe ; toutes les facultés moins une : la parole. Les conséquences de cette privation peuvent-elles être bien considérables lorsque tous les autres ressorts demeurent intacts ? Hélas ! oui ; si considérables, même, qu'il est, à très peu de chose près, parfaitement exact de dire qu'elles frappent d'inertie presque complète tous ces ressorts qui se détendent dans l'inactivité.

Suivons, en effet, la marche de la génération des idées dans l'enfant : ses sens l'avertissent de l'existence des objets extérieurs; réduit à lui seul il portera sur eux des appréciations souvent fausses, toujours incomplètes; il saisira des rapports faux ou n'existant pas. Mais il n'est pas seul, il est entouré, on rectifie ses erreurs, il communique sa pensée par la parole, il reçoit celle des autres par l'oreille. Il compare, il juge, raisonne et arrive, avec le temps, à manier correctement tout son outillage intellectuel. La pensée lui vient — comme à l'homme fait d'ailleurs — tout d'un coup, elle surgit en bloc, si l'on peut ainsi parler. Tous les éléments qui la composent co-existant et se mêlant, il est obligé de les dégager les uns des autres, de les analyser, en un mot, afin de pouvoir la transmettre à un autre. Par conséquent, il est contraint de se la rendre d'abord claire à lui-même avant de la communiquer à autrui. Ce travail incessant est une cause d'activité constante qui développe et redresse sans cesse toutes les forces productives des idées.

Chez le sourd-muet, rien de semblable; la sensation lui arrive agréable ou désa-

gréable selon qu'elle est pour lui une satisfaction physique ou une impression douloureuse, à peu près indifférente si elle ne se
traduit pas de l'une ou de l'autre manière.
Il ne cherche pas à s'en rendre compte;
comment le pourrait-il d'ailleurs, il lui faudrait réfléchir, comparer, raisonner. Or,
comment réfléchir et raisonner sans le secours de la parole! Réfléchir, c'est se parler
à soi-même; sans doute la parole, au sens
absolu, n'est pas indispensable à la pensée
puisque l'animal pense. Le sourd-muet pense
aussi. Mais en réalité, sans la parole, la
pensée ne peut sortir d'un cercle si restreint,
si rudimentaire que, considérée dans d'aussi
étroites limites, on ne saurait plus y voir
qu'une pure abstraction et non vraiment la
pensée humaine qui, sans la parole, ne saurait étendre bien loin son vol [1].

Ainsi le sourd-muet pense, mais peu,

[1] La liaison intime de la pensée à la parole est un sentiment si naturel qu'il est, en Océanie, une peuplade sauvage
chez laquelle l'idée de pensée est exprimée par un mot qui
signifie proprement : *parler dans son estomac.*

mal, et malaisément. En dehors des choses les plus élémentaires de la vie, ses idées sont fausses : ainsi pour lui par exemple, le soleil et la lune sont des lumières que l'on allume et que l'on éteint comme les lampes qu'il voit dans sa maison ; les étoiles sont les lumières de maisons lointaines ; c'est un méchant qui jette de l'eau quand il pleut, qui allume un grand feu quand il fait chaud. La lune est pour eux l'objet d'une grande aversion parce qu'elle leur fait les cornes... on peut par là juger du reste.

Comment combler dans ces pauvres êtres la profonde lacune qui les sépare à ce point de la société ? Comment, par quel moyen pénétrer dans ces intelligences closes et obscures, pour y porter la lumière ? Comment leur parler enfin et les amener à nous répondre ?

C'est à l'abbé de l'Épée, né à Versailles en 1712, mort en 1789, que revient l'honneur d'avoir, le premier en France, abordé ce grand problème, et tenté de le résoudre. C'est à lui le premier qu'appartient le mérite d'avoir élaboré tout un système méthodique d'enseignement, et fondé le premier institut publiquement ouvert et spécialement affecté à une classe bien intéressante de malheureux.

Sa méthode est fondée sur les signes naturels dont elle élargit le cercle par l'introduction d'un grand nombre de signes conventionnels. La mimique, la pantomine et la dactylographie (écriture avec les doigts) y jouent un rôle important, y apportent un concours précieux. Mais ces moyens de communication sont absolument réfractaires à la flexibilité qu'exige l'expression de la pensée. Avec les signes, il n'est pas possible d'exprimer l'article, le pronom, les régimes, les participes, la voix passive, les temps et les modes des verbes qui sont réduits à l'infinitif ou au présent. Ainsi qu'on l'a vu, la pensée surgit dans l'esprit tout d'une pièce, en bloc ; tous les éléments dont elle se compose coexistent ; il faut donc pour la transmettre décomposer, séparer ces éléments et les exprimer successivement les

uns après les autres, dans un ordre logique
et conforme au génie de la langue. Les mots
se prêtent avec souplesse à cet office mais
l'inflexibilité du signe s'y refuse absolument.

Donc, avec cette méthode, non seulement
le sourd-muet ne peut décomposer sa pensée
au moyen de mots dont il n'a pas la ressource, mais encore il ne peut se la représenter à lui-même, que revêtue de la forme
sous laquelle il peut la communiquer à
autrui, puisque préalablement à cette communication, il a dû se la parler à lui-même,
dans le même langage, puisque encore une
fois, selon l'énergique expression océa-
nienne, *penser* c'est *parler dans son estomac.*

Ainsi, supposons qu'un sourd-muet éprou-
vant de l'affection pour vous veuille vous le
faire savoir ; il ne concevra pas, il ne pourra
pas concevoir cette phrase bien simple : « Je
vous aime » ; il placera sa main sur votre
poitrine, puis sur la sienne pour marquer
qu'il s'agit de lui et de vous, puis il fera

le signe correspondant au sentiment qu'il éprouve et traduira cela par : « Toi moi aimer. »

Que sera-ce pour un discours plus compliqué ? Qu'on en juge. Nous disons : Je vous salue, Marie, pleine de grâce, le Seigneur est avec vous...; le sourd-muet pense et s'exprime ainsi par les signes : *Marie grâce pleine salue, Dieu vous avec.* Nous disons : Notre père qui êtes aux cieux...; le sourd-muet dit : *Père notre vous Ciel dans...*

On comprend aisément par ces exemples, qu'avec l'emploi de la méthode des signes, il n'est pas possible d'amener le sourd-muet à comprendre et à exprimer le langage de tous, par conséquent à pouvoir lire les livres et à en saisir le sens.

L'abbé de l'Épée le comprit bien lui-même, et pour remédier à ce grave inconvénient, il conçut la pensée d'imaginer des signes particuliers pour représenter tout ce qui échappe aux signes naturels, article, pronom, forme passive, modes et temps des verbes, etc. Il en composa un volumineux

10

dictionnaire, convaincu que l'élève retien-
drait ces signes aussi aisément que l'on
retient les mots ; il les appela signes *mé-*
thodiques.

Il est inutile d'entrer dans la critique de
cette conception ; il suffit de l'énoncer pour
en saisir l'inanité, aussi ne fut elle-jamais
sérieusement mise en œuvre. A quoi d'ailleurs aurait-elle pu servir au sourd-muet en
dehors de son établissement, alors que,
rentré dans le monde, il n'aurait plus trouvé
autour de lui personne en état de le comprendre.

M. Valade-Gabel, directeur de l'Institut
national de Bordeaux, eut une inspiration
bien autrement heureuse en rejetant, au
contraire, très résolument les signes de
n'importe quelle dénomination, *naturels,*
conventionnels ou méthodiques, et en leur
substituant les lettres mêmes de l'alphabet.
Sa méthode, de beaucoup préférable à la
précédente, peut se définir ainsi : *La langue*
enseignée par la mise en action et par
l'écriture. Les détails consacrés à la méthode

des signes, permettront de passer rapidement sur celle-ci, dont il est facile de se
rendre compte, puisqu'elle repose sur ce
principe fondamental : Écrire le mot sur le
tableau et en apprendre le sens à l'élève en
lui faisant faire l'action que ce mot repré-
sente. L'élève apprend ainsi, simultanément,
à comprendre le sens du mot, à le lire et à
l'écrire. C'est ensuite, en allant de proche
en proche, lentement, du simple au composé,
du connu à l'inconnu, que l'on parvient à
élever l'esprit de l'enfant à la connaissance
des mots non susceptibles d'une mise en
action proprement dite.

Et cependant, malgré sa supériorité bien
marquée, ce mode d'enseignement qui re-
monte à 1857, avait encore de graves inconvénients ; il ne laissait d'autre moyen de
communication que l'écriture, d'autre inter-
médiaire que le bâton de craie et l'ardoise,
moyens dont la lenteur et l'incommodité sont
de grands défauts que la dactylographie ne
supprime pas puisqu'elle en est elle-même
entachée.

Un nouveau pas restait à faire : rentrer dans la voie commune, c'est-à-dire enseigner les sourds-muets par la parole tout comme les autres enfants; c'est la méthode *orale pure*, celle qui est actuellement suivie et qui donne les meilleurs, souvent les plus merveilleux résultats. Arrêtons-nous y quelques instants.

La pensée première de cette méthode paraît remonter au milieu du XVIᵉ siècle et s'être produite en Espagne. Mais elle ne s'est développée et propagée que bien lentement, et ce n'est que de nos jours qu'elle a été sérieusement expérimentée en Angleterre, en Hollande, en Belgique, en Suisse et en Italie. Elle passa ensuite en France où elle fut introduite par quelques établissements privés.

C'est alors que le gouvernement chargea une commission spéciale de visiter les principaux établissements d'Europe à l'effet de s'y livrer à une étude comparée, très approfondie, sur cette importante et délicate matière, en vue de déterminer, en pleine connaissance de cause, le meilleur mode d'enseignement à adopter.

Cette commission qui était composée de M. Claveau, inspecteur général, de la supérieure de l'Institution nationale de Bordeaux, et de deux autres membres, employa à sa mission les années 1879 et 1880, et proclama hautement la supériorité de la méthode *orale pure* qui, dès lors, fut appliquée dans les principales institutions.

Généralement, chez le sourd-muet, les organes nécessaires à l'émission de la voix (poumons, larynx, cordes vocales, etc.) sont intacts. Seulement ils sont restés et restent inactifs parce qu'ils n'ont jamais reçu du cerveau l'impulsion nécessaire pour leur mise en jeu, le cerveau lui-même n'ayant point été convié à le faire, l'oreille, inerte du sourd-muet ne lui ayant transmis aucune sollicitation à ce sujet.

Dans ces conditions, n'est-il pas possible d'appeler ces organes à l'activité autrement que par le désir d'imiter des sons que l'oreille se refuse à transmettre ? Tel est le problème

que se pose la méthode *orale pure*, et voici,
très succinctement, comment elle s'applique
à le résoudre.

L'inactivité des organes a eu deux conséquences : d'une part, diminuer leur énergie ; d'autre part, les laisser dans l'ignorance de la gymnastique — si l'on peut ainsi
parler — qu'ils doivent faire pour produire
des sons réguliers. C'est ainsi que chez les
sourds-muets la respiration ne se fait pas
régulièrement; elle est saccadée, les deux
actes qu'elle comporte, inspiration et expi-
ration, se font tout d'un trait, l'air est aspiré
tout à la fois et expulsé aussi tout à la fois.
De là ces sons rauques et gutturaux si pénibles à entendre.

Chez l'enfant qui parle, les choses se pas-
sent autrement. L'air expulsé par le poumon,
qui joue dans la voix humaine le même rôle
que le soufflet dans l'orgue, n'est pas chassé
tout d'un trait mais avec mesure, afin qu'il
puisse frapper à propos les organes qu'il doit
faire vibrer ou résonner (cordes vocales,
voûte du palais, fosses nasales).

Il faut donc tout d'abord régulariser la respiration ; il faut encore régulariser les mouvements de la langue qui se redresse vers le palais en se rejetant en arrière et la contraindre avec une spatule à une position normale. Tout en procédant à ces exercices préliminaires, on apprend à l'enfant à imiter son maître, lorsque celui-ci prononce une consonne, P, par exemple. Il n'y a pas là émission de voix à proprement parler, mais un simple souffle, en quelque sorte, résultant d'une certaine disposition de la bouche et que l'élève saisit et imite assez facilement.

En même temps on écrit la lettre sur le tableau et bientôt, à la vue de cette lettre, l'enfant la prononce.

Lorsque la notion de quelques consonnes est acquise, on passe à une voyelle, A, par exemple, et lorsqu'on est parvenu à l'obtenir on l'approche de la consonne, et l'enfant est en état de prononcer les mots dans la combinaison desquels elles rentrent, comme *papa*, *maman*, *chat*, et ainsi de suite ; l'élève apprenant ainsi simultanément à prononcer les mots, à lire et à écrire.

Ce qui a été fait pour les consonnes et pour les voyelles est continué pour les mots qui en sont formés, c'est-à-dire que c'est sur les lèvres du maître que l'élève apprend à les lire et à les prononcer. Quant à leur signification, elle lui est donnée soit par l'exécution devant lui de l'action indiquée, soit par des images ou de petits objets de toute nature placés sous ses yeux et qui forment son musée scolaire.

Ensuite c'est par les mille accidents de la vie saisis par le maître au moment même où ils se produisent et expliqués par lui, que les premières notions acquises reçoivent leur application, leur développement et la généralisation.

La *lecture sur les lèvres*, voilà le point capital de la méthode orale, et on ne saurait croire à quels résultats elle conduit. Le maître n'emploie aucun autre moyen de communication avec ses élèves, ni les élèves entre eux, tout signe étant sévèrement in-

terdit, et cette communication, cet échange
incessant d'idées, se fait comme dans une
conversation ordinaire. Un exercice fréquent
est celui-ci : le maître raconte une histoire,
fait un récit quelconque ; ses élèves, attachés
à ses lèvres, le suivent — nous allions dire
l'écoutent — attentivement, et le lendemain
chacun d'eux rapporte, écrite et résumée
par lui, la narration de la veille.

C'est cette méthode qui est actuellement
en plein exercice à l'Institut des sœurs de
la Providence qui compte en ce moment
trente élèves. Grâce à la bienveillance du
préfet et du conseil général du département,
deux des Sœurs qui le dirigent ont obtenu non
seulement l'autorisation ministérielle mais
encore les moyens d'aller en apprendre toutes
les règles et toutes les ressources au siège
même de l'Institut national de Bordeaux. Les
résultats obtenus sont vraiment surprenants ;
bien que le nouveau système ne soit mis en
pratique que depuis un an seulement, on est
pris d'étonnement à la lecture de lettres entièrement écrites et composées par les jeunes

élèves. Parmi elles il en est une, entre autres, charmante fillette de quatorze ans, qui
certainement pourrait acquérir toutes les
connaissances nécessaires pour l'obtention
du brevet élémentaire.

Un éminent académicien disait récemment[1] :

*Connaissez-vous rien de plus pénible à
entendre qu'un sourd-muet qui parle ! et
rien de plus touchant et de plus intéressant
que le même sourd-muet quand il s'exprime par des signes !*

Il est vrai que la méthode orale, malgré
tous les efforts qu'elle déploie, ne peut parvenir à obtenir du sourd-muet des émissions
de voix nettes et harmonieuses, parce qu'étant
privé de l'ouïe, il ne peut ni saisir, ni imiter
les modulations de la voix des autres, non
plus qu'entendre et diriger la sienne, et cet
obstacle est malheureusement insurmontable.
Mais est-il également vrai que rien ne soit
plus touchant et intéressant que le sourd-

---

[1] M. Jules Simon, *Discours de réception de M. Meilhac
à l'Académie française*, séance du 4 avril 1889.

muet quand il s'exprime par des signes?
Nous ne saurions l'admettre, du moins sans
une restriction importante. Oui, le langage
par signes est intéressant et touchant lorsqu'il est employé à exprimer des idées simples, peu nombreuses, peu étendues dans
leur portée. Mais que la communication à
faire soit vive, abondante, précipitée, dra-
matique, les signes deviennent alors si nombreux, si divers, les jeux de physionomie si
multiples, les gestes si excessifs, que le spectacle n'est certainement pas plus agréable,
peut-être même est il plus pénible encore,
parce qu'il porte avec lui un certain reflet
des gestes désordonnés de la folie.

Donc, même sous ce rapport, la méthode
orale, à tout prendre est encore préférable
et, comme elle seule peut permettre d'obtenir le développement aussi complet que possible de l'intelligence du sourd-muet; comme
elle seule met à sa disposition la langue française avec toute sa flexibilité et ses nuances
les plus délicates, soit pour la parler, soit surtout pour l'écrire; comme elle seule enfin

peut lui ouvrir tous les livres et le mettre en
état de les comprendre, on peut dire qu'elle
lui ouvre un champ illimité et que sa supériorité ne peut être contestée.

Mais il y a à tout cela un facteur nécessaire
dont il faut être témoin pour pouvoir en
comprendre l'importance et en mesurer
l'étendue. Facteur modeste, inconnu de la
foule, mais cher à Dieu..... La Patience, le
Dévouement ; les quatre bonnes sœurs qui
dirigent l'Institut de la Providence en sont
le plus parfait modèle.

L'enseignement primaire avait été l'objet
d'une grande sollicitude ; rien, on l'a vu,
n'avait été négligé pour lui assurer un fonc-
tionnement aussi parfait que possible. Il ne
restait plus qu'à établir des cours d'ordre
supérieur pour les jeunes filles désireuses de
pousser plus loin leurs études. C'est pour
répondre à ce besoin qu'à la rentrée scolaire
de 1856, le P. Lagier ouvrit un pensionnat
d'enseignement plus élevé. Internes et ex-
ternes y furent d'abord admises indistinctement pendant les premières années, mais

plus tard la séparation en fut opérée et, actuellement, internat et externat forment deux établissements distincts et également florissants.

Dans le courant du mois de juillet de l'année suivante (1857), mère Thérèse de Jésus, supérieure générale de la Congrégation de Portieux, et chère sœur Constance, revenant de Rome, s'arrêtèrent pendant quelques jours à Gap ; jour de fête s'il en fut, de joie et de vrai bonheur. Chère mère et chère sœur de Portieux pouvaient voir par elles-mêmes, le développement vraiment inespéré de la jeune Congrégation issue, en quelque sorte, de leur propre maison. Sœur Constance, surtout, se sentait émue jusqu'au plus profond de l'âme en reportant son souvenir sur son petit, bien petit noviciat de Saint-Bonnet, et plus encore sur cette jeune petite novice, Marie-Élisabeth si bonne, si douce, si simple, aujourd'hui sous ses yeux, mère chérie, aimée, vénérée, d'une grande et nombreuse famille. Le bonheur profond, la joie pure et rayonnante de ces trois femmes

si remarquables à tant d'égards, étaient tou-
chants à voir, nous devrions dire à contempler, parce que la source en provenait des
régions les plus profondes du cœur, où il
n'est de place que pour l'amour de Dieu et
du bien.

La salle d'asile, dénommée aujourd'hui
école maternelle, était, à cette époque, sur
le point d'être remise par la municipalité aux
soins des sœurs de la Providence et le fut, en
effet, quelque temps après. Afin de pouvoir
remplir convenablement cette charge nouvelle, deux sœurs, sœur Saint-Vincent-de-
Paul et sœur Onésime furent envoyées à Paris
pour y suivre les cours de Mme Pape-Car-
pentier. Les deux bonnes sœurs y passèrent
quelques mois et en revinrent pourvues du
certificat spécial d'aptitude et, chose plus
précieuse encore, des témoignages les plus
flatteurs de l'estime et de l'affection qu'elles
avaient su se concilier.

Là, ce n'est pas la surdité que l'on rencontre, ce n'est pas le mutisme que l'on a à
combattre ; oh non ! Dieu merci, bien au

contraire, bien au contraire. Mais il s'agit
tous les jours et pendant toute la journée,
d'introduire et de maintenir l'ordre, la propreté, la discipline, dans une grande volière
de turbulents petits oiseaux; de régler leur
babil sans les faire taire, de les faire tenir en
place sans les immobiliser, d'occuper sans
cesse leur attention sans la fatiguer, de leur
apprendre à lire, à écrire, à compter et tout
cela en les amusant et sans altérer leur gaîté.

Voilà ce qu'est une école maternelle! Mais
quelle bonté, quelle patience inaltérable,
quelle abnégation et quel dévouement ne
faut-il pas ! Les bonnes sœurs qui gouvernent tout ce gentil petit monde n'y épargnent
ni leurs soins, ni leurs peines, ni leur cœur ;
il n'est que juste de le reconnaître, de le
proclamer hautement et de leur rendre l'hommage qui leur est bien légitimement dû, car
leur tâche est lourde et pénible. Chaque mère
peut être témoin tous les jours, de quelle
manière elles la remplissent; et nous tous,
quel plus sûr et quel plus charmant témoignage de la tendre sollicitude qu'elles y

apportent pourrions-nous recevoir que celui
que nous donnent leurs deux cent quarante
enfants eux-mêmes, lorsque quelque jour de
fête les rassemble et les offre à nos regards.

X

Ainsi se développait toujours l'œuvre du
P. Lagier. Cet accroissement incessant était
sans doute la plus douce satisfaction qui pût
être réservée à ses efforts et à ses travaux;
mais à côté surgissait aussi le revers — la
nécessité de s'agrandir. — Les constructions
anciennes étaient absolument insuffisantes,
il fallait à tout prix songer à des constructions
nouvelles.

Les bâtiments étaient élevés dans le plus
pauvre quartier de la ville; de toutes parts ils
étaient entourés de masures formant un îlot
traversé par la rue des Travailleurs. Le P. La-

gier proposa à la municipalité de lui acheter cet îlot après qu'elle en aurait obtenu l'adjudication à son profit par voie d'expropriation pour cause d'utilité publique, en vue d'élever ensuite sur son emplacement des constructions qui supprimeraient une partie de la rue des Travailleurs, suppression qui recevrait une large compensation par l'ouverture de deux rues nouvelles (une rue au levant et la rue du Collège), cette dernière faisant communiquer la place Saint-Arnoux avec le cours Barthalaïs, aujourd'hui cours de la Liberté.

Le plan du P. Lagier consistait à construire une aile des nouveaux bâtiments en façade sur la rue du côté du levant et une autre aile en façade sur le cours de la Liberté, et enfin une troisième sur la rue du Collège et de former ainsi un quadrilatère avec une grande cour intérieure. Le Conseil municipal accepta par une délibération prise à l'unanimité, la proposition qui lui était faite. Le P. Lagier contracta un emprunt considérable pour faire face aux engage-

11

ments qu'il allait prendre, et, le 22 octobre 1859, fut passé l'acte notarié constatant les accords réciproques. Cet acte porte, entre autres, la clause suivante :

« Il (M. Lagier) s'engage à faire construire suivant les indications du plan dressé le 10 mars 1857, un bâtiment en forme d'équerre qui, partant de la chapelle, dans la rue orientale, formera une façade le long de ladite rue et sur le cours Barthalaïs jusqu'à la rue occidentale à ouvrir (rue du Collège). »

On procéda aussitôt à l'ouverture de la rue du Collège, à la démolition des masures, au déblaiement, et on jeta les fondations des bâtiments nouveaux. C'est tout ce que l'on put faire, l'épuisement de l'emprunt ne permettant pas d'aller plus loin.

Vers la même époque, Mgr Perny, provicaire apostolique en Chine, alors en France, afin de donner plus d'extension encore à l'œuvre si féconde de M. l'abbé Moye, l'œuvre des Vierges chrétiennes, demandait à la maison de Portieux, d'en prendre en quelque sorte la direction, du moins d'en

assurer l'extension constante, par l'envoi de
sœurs propres à former, à diriger et à répandre de plus en plus de nouveaux novi-
ciats et, par suite de nouvelles écoles. Mgr de
Saint-Dié, pour des raisons qui ne nous sont
pas connues, ne crut pas pouvoir accéder au
désir exprimé et Mgr Perny s'adressa alors
à la Congrégation de Gap.

P. Lagier et mère Élisabeth accueillirent
favorablement la demande, l'un et l'autre ne
restant jamais indifférents à rien de ce qui
pouvait offrir quelque champ nouveau au
zèle charitable de leurs chères filles. Sœur
Saint-Jean-de-Matha, comme supérieure, et
quatre autres sœurs furent, à leur grande
joie, désignées pour la lointaine mission.
Mais il fallait pourvoir aux emplois qui de-
viendraient vacants par le prélèvement de
cinq sujets distingués; pour cela un peu de
temps était nécessaire. Mgr Perny qui devait
emmener le petit essaim fut obligé de devan-
cer son départ et de rentrer si inopinément
en Chine, que le pacte convenu ne put recevoir son exécution. Ce pacte ne devait même

plus être renoué et ce ne fut que beaucoup plus tard, en mai 1875, que la maison de Portieux revenant sur sa première décision prêta et a constamment prêté depuis son puissant concours à l'une des plus belles œuvres de son fondateur.

La Providence réservait à sœur Saint-Jean-de-Matha une autre destinée, celle de donner dans sa communauté l'exemple des plus hautes vertus. Il faudrait écrire un volume pour suivre dans toutes ses perfections cette âme d'élite et remonter jusqu'au moyen âge pour retrouver ses modèles. Bornons-nous à dire qu'après une cruelle maladie qui, pendant plus de deux ans lui fit éprouver des douleurs vraiment extraordinaires sans pouvoir jamais cependant lui arracher une plainte, elle rendit à Dieu son dernier soupir le 20 mai 1887, et que depuis on ne parle jamais d'elle qu'en l'appelant la *Sainte* de la maison.

L'année 1861 fut attristée, par deux grandes pertes qui apportèrent un deuil profond dans la communauté. Mgr de la Croix mourut à Lyon, le 16 janvier, après avoir, presque à sa dernière heure, envoyé de loin à ses chères filles bien-aimées de la Providence de Gap et de Lectoure sa dernière bénédiction.

Le 9 décembre suivant, ce fut M⁣ᵍʳ Depéry que la mort enleva à son cher diocèse des Alpes qu'il n'avait jamais voulu quitter. Il lui avait consacré toute son affection, tout son dévouement et il avait pleinement tenu sa promesse de la première heure, d'y vivre et d'y mourir sans autre ambition que d'y faire le bien.

Le digne et bon prélat avait pour le sanctuaire de Notre-Dame du Laus une vénération profonde. La Vierge si souvent et pendant de si nombreuses années apparue à une humble bergère, dans cet endroit si riant, si calme et si retiré, était pour lui la Vierge particulièrement protectrice des Alpes; c'est sous le seuil même de la chapelle qui lui est consacrée qu'il voulut être enseveli et c'est là que, selon son vœu et ainsi que l'indique la pierre tumulaire qui le recouvre et dont l'in-

scription latine avait été dictée par lui-même,
c'est là que repose :

JEAN-IRÉNÉE DEPÉRY

AUTREFOIS ÉVÊQUE DE GAP

MAINTENANT POUSSIÈRE

ATTENDANT LE JOUR DE LA RÉSURRECTION

DÉCÉDÉ LE IX DÉCEMBRE

M D CCC LXI

AGÉ DE LXXI ANS

Au milieu de ces afflictions, la Congrégation ne demeurait pas cependant sans de
grandes consolations. Les prélats, en se suc-
cédant sur le siège épiscopal, en prenant
possession de l'héritage de leur prédécesseur, semblaient avoir particulièrement à
cœur le legs de leur bienveillance, de leur
affection et de leur dévouement pour elle.
Mgr Bernadou, successeur de Mgr Depéry,
aujourd'hui cardinal archevêque de Sens,
ne devait pas interrompre cette précieuse
tradition ; il la continua au contraire et la

confirma par l'incessante sollicitude qu'il ne cessa de lui témoigner.

Le 21 janvier 1863, la communauté éprouva une grande et douloureuse perte en la personne de chère sœur Marie-Saint-Paul qui, pendant vingt-quatre ans y avait apporté un dévouement sans bornes et donné l'exemple de toutes les vertus. Tour à tour surveillante des travaux, infirmière, pharmacienne, maîtresse de classe, maîtresse des novices, première assistante, elle s'était acquittée de ces divers emplois avec un zèle qui ne se démentit jamais. Infatigable au travail, recherchant toujours le plus pénible; s'offrant constamment à tous de tout cœur, particulièrement empressée auprès des malades, bonne, enjouée, affectueuse, elle répandait autour d'elle la plus salutaire influence et captait l'estime, l'affection et la confiance de tous.

Le 20 janvier, très tard dans la soirée mère Elisabeth qui l'aimait tendrement, était auprès de son lit, heureuse de la croire bien mieux. La chère malade, au contraire, toute

au pressentiment que sa dernière heure allait
sonner, eut assez de force d'âme pour ne
pas dissiper l'illusion de la bonne mère et, au
moment où elle se disposait à se retirer, elle
l'embrassa avec effusion en lui disant au
revoir. Mais tandis qu'elle parlait ainsi, c'est
vers le ciel qu'elle élevait les yeux pour
marquer que le ciel était le lieu du rendez-
vous qu'elle donnait. Peu d'instants après,
elle fit appeler M. l'aumônier, lui demanda
les dernières prières et elle expira saintement avant qu'elles ne fussent achevées.

On n'a pas oublié l'heureux effet produit
dans toute la communauté par la présence
au milieu d'elle de chère mère Thérèse de
Jésus, supérieure générale de la Congrégation des sœurs de la Providence de Portieux.
La même joie, le même bonheur s'y repro-
duisirent dans le courant du mois de février 1863, pendant les quelques jours que
chère sœur Saint-Louis, alors assistante,
voulut bien lui consacrer lors de son passage à Gap, à son retour de Rome. La chère
et bonne sœur put constater une fois de plus

l'inaltérable et profonde affection qui unit ces
deux maisons l'une à l'autre. Que chère
sœur Saint-Louis, aujourd'hui mère tendrement aimée de la Congrégation qu'elle
dirige avec une grande sagesse et un admirable dévouement, reçoive l'assurance que
les sentiments qui l'ont accueillie ici ont
survécu à son départ et qu'ils sont demeurés
et demeureront toujours intacts.

XI

M. et Mme Mazet, dignes et respectables
époux dont l'union n'avait été couronnée
par la naissance d'aucun enfant, habitaient
Beauvoir, petite bourgade à cinq ou six
kilomètres de Montélimar, n'ayant d'autre
préoccupation que celle de faire le bien
autour d'eux. Plusieurs projets avaient été
l'objet de leurs méditations sur l'emploi des
quelques biens dont ils jouissaient et particulièrement de leur maison d'habitation et

des dépendances qui l'entourent. Le dernier auquel ils s'étaient arrêtés consistait dans l'établissement d'une filature de soie qui offrît aux jeunes filles pauvres un orphelinat dans leur bas âge et une maison de travail lorsque leurs forces leur permettraient de s'y livrer.

A cet effet, M. et Mme Mazet donnèrent à leur habitation un agrandissement considérable, mais les constructions étaient à peine achevées lorsque la mort rendit veuve Mme Mazet et cette cruelle et douloureuse épreuve brisa du même coup et son cœur et les projets si longtemps caressés. C'est dans ces circonstances que cette femme de bien, conseillée en cela par M. l'abbé Pialla, son frère, économe au petit séminaire de Valence, fonda dans la maison agrandie, un pensionnat de jeunes filles dont elle remit la direction aux sœurs de la Providence.

Ce fut au mois d'avril 1863 qu'eut lieu l'ouverture du pensionnat de Beauvoir. M. l'abbé Pialla vint quelque temps après s'y retirer et consacrer à faire le bien dans cette région

le zèle d'une ardente charité dont le souvenir
vit encore dans toutes les mémoires, et qui
a valu au digne et bon prêtre la qualification de saint que personne, dans ces parages,
ne sépare jamais de son nom.

L'établissement cédé ultérieurement à la
Congrégation de la Providence a constamment suivi une marche ascendante et n'a cessé
de répondre aux bienfaisantes intentions de
ses fondateurs ; il occupe actuellement douze
religieuses et compte quarante élèves.

L'accroissement constant de la Congrégation ne permettait plus de la réunir tout
entière, pour la retraite générale, dans les
bâtiments de la maison mère, devenus absolument insuffisants ; force fut donc d'aviser, pour l'année 1864, au moyen de faire
face à cette déplorable situation. La maison
de Beauvoir, fut, à cet effet, mise à contribution. La retraite fut divisée en deux parts,
l'une, dont le centre de réunion fut la maison-
mère et l'autre qui se réunit à Beauvoir.
C'était là une nécessité impérieuse qu'il fallait bien subir, mais malgré tous les efforts

possibles, l'influence si salutaire et si nécessaire de la réunion générale annuelle n'en
était pas moins à peu près perdue. Il est aisé
de comprendre, en effet, combien il importe
combien il est indispensable que les membres
d'une communauté nombreuse, disséminés
un peu partout, loin les uns des autres, très
souvent seuls, jamais par groupes nombreux,
se réunissent pendant un certain temps chaque année afin de ne pas perdre, dans leur
isolement, l'esprit de famille, de solidarité,
d'union et d'observance de la règle qui les
rattache non seulement à l'œuvre commune
mais encore les uns aux autres.

C'est dans cette pensée de maintenir toujours l'esprit d'union et de dévouement réci-
proque qu'il fut décidé, à cette époque, que
désormais les sœurs se réuniraient une fois
par mois par petits groupes déterminés par le
rayon naturel de leur voisinage, afin de leur
procurer par là non seulement un peu de dé-
lassement nécessaire, mais encore le moyen
de s'éclairer et de se soutenir les unes les
autres, en ce qui concerne l'accomplissement

de leur tâche bien pénible et souvent difficile.

L'*Adoration perpétuelle* fut accordée à
la Congrégation en 1865 pour les 24, 25 et
26 juillet de chaque année. La plus grande
solennité possible est apportée dans l'accomplissement de cette œuvre admirable de la
prière constante, de l'hommage non interrompu, de la réparation permanente envers
Celui qui, en échange de tous les dons que
prodigue sa main généreuse, ne reçoit bien
souvent, hélas! que l'outrage et l'ingrati-
tude!

XII

Le P. Lagier était poursuivi depuis quelque temps par la pensée d'ériger dans l'enclos du couvent une grande statue de la
Vierge auxiliatrice. Etait-ce le pressentiment de sa fin prochaine qui le portait à
vouloir placer plus encore sa chère communauté sous cette puissante égide, qui donnait

à ce désir une acuité chaque jour plus grande? Hélas! il n'était que trop permis de le redouter, car depuis quelque temps déjà sa santé s'altérait visiblement. La statue fut commandée et le piédestal fut construit sous les yeux même du bon Père qui, malgré son état d'affaiblissement redoublait de zèle soit pour mettre la dernière main aux affaires temporelles de la communauté, soit pour continuer ses visites dans les postes scolaires, jeter partout un dernier regard, distribuer ses dernières exhortations et peut-être ses derniers adieux.

Au cours de ces visites, à Saint-Pierre-Avez, il fut inopinément atteint par une crise redoutable qui faillit mettre fin à ses jours. Il parvint cependant à en triompher et quelques jours après il rentrait dans sa maison bien-aimée, cette fois, hélas! pour ne plus s'en éloigner.

La statue de la Vierge avait été mise en place, la bénédiction qui devait en être faite avait été fixée au 29 mai, mais elle dut être ajournée à raison de l'état de santé du bon

Père qui, loin de s'améliorer, s'aggravait, au contraire, chaque jour davantage.

Nous n'essaierons pas de décrire les transes et les alarmes de la communauté ; la vie y était comme haletante, le mouvement et l'activité comme suspendus. Un seul mot était sur toutes les lèvres : *Comment va notre bon Père ?* Au fond de tous les cœurs un seul sentiment : *l'angoisse ;* sur tous les visages un seul reflet, celui de la douleur et de la consternation. La Congrégation était l'œuvre du malade, objet de tant d'inquiète sollicitude ; pierre par pierre il en avait construit tout l'édifice ; de ses mains il en avait consacré à Dieu tous les membres et les avait maintes fois bénis ; il était si com - plètement l'incarnation vivante de l'œuvre que sa fin apparaissait comme la fin inévi- table de tout.

Le jour tant redouté arriva ; le 9 juin 1866, à 9 heures du matin, le bon, le vénérable P. Lagier, après avoir pieusement reçu les derniers Sacrements de l'Église, rendait à Dieu son dernier soupir.

Ce fut dans la Congrégation non pas seulement de la douleur, ce fut un véritable effondrement de toutes les âmes; on tenterait en vain de le dépeindre. C'est le propre des individualités vraiment supérieures de marquer si profondément le sol de leur empreinte, que leur disparition laissant vide la grande place qu'ils ont tenue, ce vide apparaît comme un gouffre que désormais rien ne pourra remplir.

C'est le 11 juin qu'eurent lieu les funérailles de l'homme de bien qui venait de s'éteindre; elles furent magnifiques, non par la pompe qu'on y déploya, mais par le concours de la population entière de la ville qui tint à honneur d'accompagner jusqu'à sa dernière demeure celui qui avait consacré tant de peines et tant d'efforts au bien de son pays[1].

---

[1] La Congrégation comptait alors : 564 religieuses et 314 écoles répandues dans les départements des Hautes et des Basses-Alpes, de la Drôme, de l'Isère, de Vaucluse, des Bouches-du-Rhône, du Var, du Gers, du Lot-et-Garonne et du Tarn-et-Garonne donnant l'instruction à 14.720 jeunes enfants

Nous voici parvenu au terme de notre tâche ; c'est au bord même de la tombe que nous venons de recouvrir que nous devons arrêter notre récit. Nous ne pourrions le continuer qu'en abordant le temps présent qui n'appartient pas encore à l'histoire. Mais nous avons l'espérance que lorsque sera venue pour lui l'heure d'y entrer à son tour, il se sera acquis, lui aussi, des droits nombreux à y occuper une place grande et honorable.

Le champ ouvert aux sœurs de la Providence n'est pas épuisé ; elles sont *enseignantes et hospitalières ;* il y aura toujours des infortunes à secourir, des enfants à instruire. Sous ce dernier rapport leur mission s'est un peu modifiée peut-être, mais elle ne s'est pas amoindrie, bien au contraire. Au début, elles avaient à porter les bienfaits de l'instruction jusque dans les communes les

12

plus pauvres, jusque dans les hameaux les
plus isolés.

Grâce à leur dévouement et à leur abnégation, cette partie de leur tâche est aujour-
d'hui remplie et il ne s'agit plus que d'en
conserver, d'en affermir les heureux résultats. Mais, hélas ! à peine l'ignorance est-
elle délogée de ses derniers retranchements
qu'un autre ennemi se dresse plus redoutable
encore, l'athéisme ! L'athéisme, fruit véné-
neux de doctrines aussi erronées que funestes
et qui s'efforcent, elles aussi, de pénétrer
jusque dans les chaumières, se présentant
partout, pour se mieux faire accueillir,
comme étant la dernière et définitive expression de la science.

Le cadre modeste que les quelques pages
qui précèdent ont eu pour objet de remplir
ne saurait comporter l'examen approfondi de
ces doctrines délétères qui concluent hardiment à la non-existence de Dieu. Disons,
cependant, que les sciences positives dont
elles invoquent l'autorité, dont elles croient
pouvoir emprunter la méthode, sont étran-

gères à leur conclusion. Il n'est pas, en
effet, un savant, parmi ceux du moins que
n'aveugle pas l'esprit de système ou qui ne
sont pas asservis à un parti-pris, qui pré-
tende pousser le domaine des sciences expé-
rimentales au delà de ce que peut saisir la
main de l'expérimentateur ; il n'en est aucun
qui ne reconnaisse que les lois de la nature
ne peuvent rendre compte de leur propre
origine ; que l'expérience montre les conditions de l'existence des choses, mais qu'elle
ne peut faire connaître leur *pourquoi*, dont
la recherche reste librement ouverte à toutes
les investigations de la raison et de l'intelligence. Voilà ce que l'on rencontre dans
chaque page des livres des savants les plus
illustres et ce qui est écrit en caractères plus
indélébiles encore dans le simple livre du
Bon sens.

Il n'est donc pas vrai que les sciences
positives couvrent de leur autorité la philosophie qui proclame que *Dieu n'est qu'une
chimère enfantée par l'ignorance et la superstition ;*

Qu'il n'y a d'autre réalité *que celle de la matière*, d'autre moyen de connaître *que les expériences de laboratoire ;*

Que les idées de cause première et de fin *ne sont que des fantômes;* que la métaphysique qui fait de ces idées l'objet de ses études *s'agite dans le vide et dépense d'inutiles efforts à saisir un pur néant;*

Qui proclame, enfin, *le dogme de la matière incréée.*

La matière incréée! mais voilà dès le premier pas une affirmation gratuite, d'ordre métaphysique au premier chef, et, conséquemment, une accablante contradiction, une base lamentable pour une doctrine qui rejette toute métaphysique et se fait une loi de n'avancer rien, de ne croire à rien que l'expérience ne confirme.

Donc c'est la matière incréée, inintelligente, mue par une force qui lui est inhérente, qui suivant lentement le cours d'une évolution, d'une transformation incessantes, produit ces merveilles d'ordre, d'intelligence et d'harmonie dont l'univers déploie devant

nos yeux l'éblouissant spectacle ; cet univers
devant lequel les plus vastes esprits demeurent confondus est tout simplement l'œuvre
qu'une matière inconsciente, inintelligente
et aveugle, accomplit au moyen de ses innom-
brables atomes, sans qu'un seul se montre
jamais rebelle ou simplement distrait !

Voilà, certes, une matière inintelligente
qui a beaucoup d'esprit, et comme dans la
théorie qui nous occupe elle fait tout cela en
vue d'un progrès indéfini qu'elle ne peut
voir, dont elle ne peut avoir conscience, il
faut reconnaître qu'elle fait preuve d'une
bonne volonté extrême.

Ce n'est pas tout : *la vie, la pensée, le
mouvement*, quelle explication trouvent-ils
dans la théorie qui se donne complaisamment
comme fille unique de la science ?

Le mouvement, elle nous l'a déjà dit,
c'est une force inhérente à la matière incréée.
Mais qu'est-ce qu'une force ? D'où vient-
elle ? Pas de la matière elle-même, sans
doute, puisque par définition la matière est
inerte. Voilà donc encore une incréation,

une affirmation non vérifiée et non vérifiable par expérience.

La pensée, ce don sublime, ce souffle de Dieu lui-même qui nous créa à son image, devient une simple sécrétion du cerveau. Mais dans quel amphithéâtre a-t-on jamais vu un cerveau sécrétant la pensée, *un cerveau pensant* ?

Enfin la vie n'est autre chose que la matière en activité Mais qu'est-ce donc, une fois encore, que l'activité d'une matière qui, ou est inerte, ou n'est pas matière ?

Inconséquence dans le choix de la méthode, affirmations sans preuves, voilà, en dernière analyse, sur quoi repose la philosophie qui se présente comme n'acceptant rien que du contrôle de l'expérience.

D'un côté donc — le nôtre, — incréation d'un Esprit supérieur souverainement intelligent, juste et bon ; de l'autre, incréation d'une matière inintelligente, inconsciente et aveugle. En dehors de toute autre considération, incréation pour incréation, quel esprit sensé ne préférerait celle-là à celle-ci ?

Et dans cet effondrement de la Divinité, que deviennent le Juste, le Bien? Quelle origine, quelle raison d'être leur est-il assigné? Au nom, en vertu de quel principe exiger de l'homme le sacrifice constant de ses penchants, de ses appétits, de ses passions, sacrifice sans lequel aucune société ne serait possible pour lui dont la sociabilité est l'essence même?

La réponse de la philosophie matérialiste sur ce point démontre, plus encore que ses contradictions, combien est grande l'illusion qui l'égare. Ici ce n'est pas seulement la science qu'elle invoque qui lui refuse la consécration qu'elle prétend recevoir d'elle, ce n'est pas seulement l'expérience qui lui fait défaut, c'est la nature humaine elle-même qui se dresse contre elle. Dieu supprimé, c'est l'*humanité* qui est appelée à prendre la place et à remplir le rôle que lui attribuait *une superstition ignorante*!

L'*humanité*, mais c'est là une pure abstraction; comment au nom d'une simple abstraction exiger de l'homme le moindre sa-

crifice au profit des autres hommes, alors
que le sacrifice ne dérivant plus d'une source
supérieure cesse d'être obligatoire et ne peut
plus être que facultatif.

La durée de l'humanité, dit-on, est indéfinie, le progrès indéfini vers lequel elle
marche sans cesse résulte de l'effort de tous,
le devoir commande à tous de coopérer à
l'œuvre commune.

La durée indéfinie de l'humanité, mais
que m'importe-t-elle, à moi qui ne dure
qu'un jour? La perfectibilité indéfinie, mais
en quoi peut-elle me toucher puisqu'elle
marche vers un but qui fuit sans cesse, vers
une perfection qui ne sera jamais atteinte et
dont je ne jouirai pas; le devoir, mais il
n'est pas de place pour lui au milieu de vos
lois fatales et inconscientes qui régissent
votre univers; il n'y en a pas davantage
pour la liberté, et conséquemment pour la
responsabilité, le mérite et le démérite.

Cette abstraction, cette perfectibilité que
l'on propose à son amour, contient-elle du
moins pour l'âme humaine — ah! mon

Dieu, voilà un mot auquel les matérialistes ne croient pas, mais je n'en trouve pas d'autre, — contient-elle pour l'âme humaine quelque soutien contre ses défaillances, quelque force contre ses faiblesses, quelque adoucissement à ses douleurs? Mais loin de là; la perfectibilité exige beaucoup et ne rend rien; elle impose à l'homme le pénible labeur de pousser sans cesse un char pesant sur lequel il ne s'assied jamais et qui ne le conduit à rien!

Ah! l'âme humaine, ses aspirations, sa soif de justice, ses faiblesses, ses douleurs, le devoir, l'abnégation, le sacrifice, voilà bien où viennent échouer toutes les philosophies qui n'ont pas la vérité en partage! Celle-là seule est la bonne qui lui parle un langage intelligible, trouvant en elle des échos qui y répondent; celle-là est la bonne, qui la soutient dans ses faiblesses, la relève dans ses défaillances, apaise ses douleurs; celle-là est la bonne enfin, qui place sous ses yeux un miroir reflétant vraiment son image et où elle se reconnaisse... En est-il

de plus pure et de plus parfaite que l'Évan--
gile ?

Prémunir les jeunes enfants contre les
atteintes des doctrines funestes qui les entourent, voilà la tâche nouvelle qui s'impose.
Distribuer une instruction propre à élever
et à fortifier l'âme autant qu'à élargir l'esprit,
c'est remplir la mission la plus chère à la
famille ; répandre un enseignement dont les
résultats ne coïncident pas avec une dé-
chéance de moralité, c'est accomplir l'œuvre
la plus en harmonie avec les desseins de Dieu,
la plus conforme aux intérêts de la Patrie,
car c'est, comme par une pluie bienfaisante,
alimenter la source de toutes ses grandeurs.

CHÈRE MÈRE

MARIE-ÉLISABETH

— — —

Le nom inscrit en tête de la présente page est bien connu puisqu'on l'a rencontré presque à chaque pas dans le récit qui précède. Mais, jusqu'ici, la femme qui l'a si saintement porté, n'a été considérée qu'en ce qui touche la part qu'elle a prise à la formation et au développement de la Congrégation dans laquelle s'est écoulée toute son existence. Il reste donc à la considérer dans sa personne même, dans son individualité propre, dans l'intimité de sa belle âme.

Piété, bonté, droiture, tels étaient les traits caractéristiques de mère Élisabeth et ces qualités qu'elle possédait au plus haut degré,

loin de recevoir un peu d'ombre d'une certaine tendance à la vivacité — conséquence
de sa constitution sanguine, — et d'un peu de
rudesse — conséquence naturelle de son as-
cétisme, — n'en recevaient, au contraire,
qu'un surcroît de mérite et d'éclat, par le
soin constant qu'elle apportait à maîtriser ce
qu'elle appelait ses deux gros ennemis. Je
suis trop vive, trop prompte, trop sévère, se
disait-elle souvent. Mais si son premier mouvement surgissait ainsi en elle, le réprimant
ausssitôt, comme faisait saint François de
Sales, il n'arrivait jamais à se manifester au
dehors où le précédait toujours l'expression
de la douceur la plus calme, de la plus sereine
bonté.

Bonne d'une bonté profonde, douce, bienveillante pour tous, elle n'était sévère et dure
que pour elle-même. Personnification vivante
de la Règle, partout et toujours elle était la
première à en remplir jusqu'aux moindres
prescriptions. Amour de Dieu, amour de ses
chères filles, toute l'âme de mère Élisabeth se
reflète dans ces quelques mots. Douée d'une

mémoire extrêmement heureuse, d'une sur-
prenante clairvoyance pour discerner les caractères, d'une sorte de charme pour péné :
trer jusqu'au fond de tous les cœurs et s'en
emparer, aucun détail, même insignifiant,
n'échappait à son attention, non plus qu'à sa
sollicitude. Une sœur, par esprit de pauvreté, tardait-elle à demander le renouvelle-
ment des objets hors de service dans son
trousseau : Mon enfant, lui disait-elle, il doit
vous manquer telle chose, je tiens à ce que
vous alliez la prendre. Quelque événement
heureux ou malheureux se produisait-il dans
la famille d'une religieuse, elle l'en instrui-
sait aussitôt, s'y associait, en prenait sa part
et s'empressait, s'il s'agissait de quelque infortune, de la soulager par des secours qu'elle
faisait secrètement parvenir.

A son lever, son premier soin était de monter à l'infirmerie; sa première pensée appar-
tenait aux malades; quelle affectueuse tendresse elle leur apportait ! A midi et le soir
nouvelles visites — à l'ordinaire, — mais, le
moindre surcroît de gravité survenant, c'est

à chaque instant que la bonne mère venait s'asseoir ou s'agenouiller au pied du lit de la pauvre souffrant; ese levant la nuit pour la voir encore, soit pour lui donner ses soins, soit pour relever l'infirmière de service, lui procurer quelques instants de repos et s'assurer qu'elle non plus ne manquait de rien.

Elle était d'une fermeté très grande au sujet de la règle, mais c'est par des exhortations et non par des réprimandes qu'elle en assurait l'observance. Avait-on commis quelque manquement, éprouvait-on quelque trouble de conscience, quelque défaillance ? On allait à elle avec une entière confiance, sachant qu'elle tenait la discrétion pour le plus rigoureux et le plus sacré de ses devoirs, et on était accueilli avec une tendresse douce et pénétrante. Jamais de reproches amers, mais des encouragements, des conseils pleins de bonté et d'onction. Quoi ! vous avez fait cela, pauvre petite, mais à quoi pensiez-vous ? Et prenant le crucifix attaché à son rosaire et le plaçant sous les yeux de la chère éprouvée : Et ça, lui disait elle, vous l'avez donc oublié ?

Ah ! chère petite, venez vite que je vous fasse rentrer en paix avec Lui ; tenez, embrassez-le tendrement, le bon Maître, embrassez-moi aussi et ne pensez plus à rien.

S'agissait-il de quelque chagrin, de quelque peine, de quelque injustice essuyée au dehors dans l'exercice de sa tâche : — Mais de quoi vous inquiétez-vous, chère enfant, puisque vous avez pour vous le témoignage de votre conscience ? Et Notre-Seigneur, l'oubliez-vous ? Venez, venez avec moi. Et toutes deux, elles allaient au pied de l'autel offrir en expiation la petite douleur à Celui auquel sur la terre aucune douleur, aucune humiliation, aucune injustice ne fut épargnée.

Les personnes étrangères à la communauté trouvaient toujours auprès de mère Élisabeth un accueil plein de grâce et de bienveillance ; on ressentait auprès d'elle une sorte de calme singulier, indéfinissable, et on ne pouvait se défendre d'une douce et communicative influence de pureté et de sérénité, auprès de cette femme si simple dans ses paroles, si modeste dans son maintien, mais qui, dans toute sa personne, reflétait quelque chose de mystérieusement angélique.

A côté d'une humilité parfaite, son âme nourrissait les sentiments les plus élevés; le patriotisme surtout, y vibrait profondément. Pendant les années à jamais douloureuses de 1870-71, c'est le drapeau de la France, ce sont ses soldats qui furent l'objet de ses plus ferventes prières et de celles de ses chères filles. La communauté fut par elle transformée en un atelier de confection de vêtements militaires et, comme le nombre des machines à coudre était insuffisant, elle organisa un service de jour et un service de nuit afin qu'elles ne s'arrêtassent jamais; il en était de même à l'orphelinat. Cinquante soldats furent logés dans la maison pendant quelque temps, cent cinquante y furent nourris pendant plusieurs jours. A Beauvoir on tressa un nombre considérable de chaussons; dans les paroisses enfin, les sœurs ne cessaient d'effiler de la charpie.

La tradition s'est d'ailleurs conservée dans la maison; pendant les grandes manœuvres de 1886, un détachement fut logé dans les bâtiments du couvent. Un soir, c'était le dernier jour des opérations, il y arriva harassé par la fatigue, la chaleur et la marche. Chaque homme avait reçu sa distribution, mais il fallait faire la soupe et personne ne s'en sentait le courage, la petite troupe n'aspirant qu'à se reposer et surtout à se déchausser. Le bruit de ce qui se passe se répand bien vite dans la communauté et aussitôt le dîner préparé pour elle est apporté par les religieuses; les orphelines réclament et apportent aussi le leur. C'était un spectacle admirable et vraiment touchant que de voir bonnes sœurs et petites orphelines prodiguant leurs soins à ces braves soldats, brossant leurs habits, pansant les meurtrissures de leurs pieds, après les avoir servis à table, tout heureuses de n'avoir dîné, elles, qu'avec du pain.

Détail charmant : une petite orpheline avait reçu d'un parent deux tablettes de chocolat; la chère pauvre petite se dérobant furtivement court les prendre et, le cœur hale-

13

tant de bonheur et de joie, le rouge d'une
vive émotion colorant son visage, elle les
apporte et les offre. Naturellement on refuse
avec insistance ; les larmes montent dans les
yeux de l'enfant ; c'eût été cruauté de ne pas
céder ; les tablettes sont mises en morceaux
et trouvées délicieuses... Pour la première
fois la petite fillette éprouvait que la charité
a aussi son ivresse.

En 1873, mère Élisabeth eut à pourvoir
à une œuvre nouvelle en installant à Nyons
(Drôme) des sœurs garde-malades. Cette
institution due à l'initiative de M. l'abbé
Francou, archiprêtre de la ville, et par lui
dotée d'une rente annuelle de 200 francs et
d'une maison qu'il possédait au quartier de
Bon-Secours, n'a cessé de rendre de grands
services et de mériter la reconnaissance et
l'estime de tous.

Ainsi se déroulait la vie de mère Élisabeth ; toujours active, bonne, dévouée, se
multipliant, se surmenant plus encore depuis
la mort du P. Lagier ; veillant à tout, suffisant à tout, et cependant ne rencontrant

presque à chaque pas que tristesses et douleurs profondes.

La mort faisait autour d'elle des vides cruels et fréquents dans les rangs de ses collaboratrices les plus anciennes, amies des premiers jours, qui n'avaient cessé de partager ses épreuves et ses peines et de prendre une large part de son fardeau.

Le 11 avril 1873, elle avait eu la douleur de perdre chère sœur Marie-de-la-Croix, qui était vivement aimée et appréciée de toute la communauté. Son nom est resté particulièrement attaché à l'établissement de l'école communale. C'est elle, en effet, qui, chargée par le P. Lagier d'une petite école ouverte dans le couvent en vue de servir d'école d'application pour les sœurs destinées à l'enseignement, la dirigea avec tant de succès qu'elle ne tarda pas à attirer à elle presque toutes les petites filles de l'école communale, ce qui détermina la municipalité à la nommer institutrice communale en *titre*.

Le 25 janvier 1875, une autre grande dou-

leur frappait la bonne Mère déjà si éprouvée ; chère sœur Saint-Laurent, son assistante depuis le 27 septembre 1849, était
enlevée à sa profonde affection par une longue et douloureuse maladie.

Sœur Saint-Laurent avait fait son éducation au couvent du Très-Saint-Cœur de
Marie dont elle avait été l'une des élèves
les plus distinguées. Sa vocation religieuse
se manifesta de bonne heure, mais elle avait
hésité longtemps sur le choix de la Congrégation à laquelle elle se consacrerait. La
considération que celle des sœurs de la Providence est *hospitalière* l'avait déterminée
en sa faveur, et, pendant trente-cinq ans,
elle y avait apporté, en effet, tout ce que
l'on peut attendre du plus entier dévouement servi par une intelligence vraiment
supérieure et une grande piété. Tous les
services recevaient d'elle une vigoureuse
impulsion ; la préparation, l'instruction des
sœurs destinées à l'enseignement, étaient de
sa part l'objet d'une vive et constante sollicitude.

Secrétariat, noviciat, œuvres de charité, administration intérieure et extérieure, tout lui était familier. Elle avait pris une part très active dans l'élaboration de la Règle et dans l'introduction des Vœux ; elle avait, en un mot, passé partout, touché à tout et laissé partout la marque de la rectitude de son jugement et de sa haute intelligence.

Ces coups douloureux n'exerçaient malheureusement pas leurs ravages seulement dans le cœur de mère Élisabeth, sa santé aussi en recevait de sérieuses atteintes !

Mère Marie-Élisabeth et mère Saint-Louis, supérieure générale de Portieux, avaient l'une pour l'autre une grande vénération, une vive amitié. Depuis longtemps mère Saint-Louis pressait mère Élisabeth de la venir voir ; ses instances devenant de plus en plus vives, mère Élisabeth, qui n'était plus allée à Portieux depuis une première visite qu'elle y avait faite au mois de juillet 1864, se rendit auprès d'elle dans les premiers mois de l'année 1876.

La maison de Portieux fut témoin, à cette

occasion, des mêmes joies, de la même tendresse, de la même effusion que celles qui, en 1863, avaient accueilli, dans la maison de Gap, mère Saint-Louis alors assistante.

Mère Élisabeth, pendant son séjour, remarqua au doigt de toutes les sœurs professes un anneau en argent qui, jusque-là, n'avait pas attiré son attention. Interrogée à ce sujet, mère Saint-Louis expliqua que le port de cet anneau avait été prescrit afin que ses chères filles eussent toujours sous les yeux un emblème sensible de leur union indissoluble avec leur divin Époux. « Oh! combien a été heureuse cette pensée, chère Mère, s'écria mère Élisabeth; mon premier soin, à mon retour, sera de passer moi aussi cet anneau sacré au doigt de toutes celles de mes chères enfants qui se sont consacrées pour toujours au divin Maître! »

En effet, pendant la retraite générale du mois de septembre 1876, après une décision conforme du chapitre général, l'anneau d'argent devint désormais, à Gap comme à Portieux, la marque distinctive des sœurs ayant prononcé des vœux perpétuels.

Les témoignages de cordialité prodigués par la communauté de Portieux à mère Élisabeth la touchaient profondément et répondaient pour elle à un vrai besoin. La pauvre femme, en effet, dans l'ineffable pureté de sa conscience, dans l'inflexible droiture de ses sentiments, ne pouvait parvenir à éloigner d'elle un scrupule au sujet de la séparation à laquelle elle avait adhéré sur les instances de Mgr de la Croix. Il lui semblait toujours que Portieux devait la considérer comme une infidèle, comme une transfuge.

Le bonheur pur de ces quelques jours passés dans la maison bien-aimée de Portieux ne devait pas être de longue durée. A son retour, mère Élisabeth dut reprendre la question toujours pendante des constructions. L'urgence, sur ce point, devenait extrême ; les sœurs, entassées dans des bâtiments insuffisants, ne pouvaient plus y trouver ni la place ni l'air nécessaires, et leur santé en souffrait visiblement.

Le conseil, la communauté presque entière
et mère Élisabeth surtout, voulaient suivre
scrupuleusement les plans du P. Lagier qui,
d'ailleurs, avaient déjà reçu un commencement d'exécution. L'autorité diocésaine supérieure était d'un avis contraire; deux
considérations la dominaient. D'une part,
l'insuffisance de l'emplacement, trop étroit
pour recevoir à la fois la communauté et les
œuvres, ne se prêtait pas à la nécessité d'assurer à la communauté proprement dite un
local séparé lui offrant un isolement absolument nécessaire pour le calme et la retraite
qu'exige la vie religieuse. D'autre part, l'accroissement constant que n'avait cessé de
prendre la Congrégation, accroissement
dont la continuation progressive était à pré-
voir, commandait, en bonne économie, de
renoncer aux anciens errements de constructions successives à modifier et à reprendre
sans cesse. Cette considération était certainement d'un très grand poids, puisque la
nécessité d'un nouvel agrandissement survenant, il ne serait plus possible de l'obtenir

sur place ; puisqu'il faudrait alors bâtir sur un autre emplacement plus ou moins éloigné, ce qui aurait pour conséquence irrémédiable et funeste, la séparation en deux parties de la même maison. Enfin de sérieuses objections au point de vue de l'hygiène étaient présentées par les personnes les plus compétentes. Il fallut s'incliner et, au mois de novembre 1876, après avoir fait choix d'une autre emplacement, on commença le déblai des fondations. Chaque coup de pioche retentissait douloureusement dans le cœur de mère Élisabeth et de ses chères filles, attachées par une confiance aveugle et par un respect profond aux dispositions de leur vénérable fondateur.

S. S. le pape Pie IX a daigné donner, après l'avoir bénite de sa main, la première pierre du nouvel édifice ; c'est un morceau de marbre blanc, de quinze centimètres de long sur dix de large et trois d'épaisseur ; elle fut apportée de Rome par mère Saint-Louis de Portieux. Après avoir été renfermée et scellée dans une sorte de boîte en pierre, avec des fragments de la Vraie Croix, du

voile de la Vierge et des reliques des plus
grands saints fondateurs d'ordres religieux,
elle fut posée par Mgr Guilbert, aujourd'hui
cardinal, archevêque de Bordeaux, entouré
de tout son clergé et des autorités de la ville,
le 2 mai 1877.

Le 5 février 1878, mère Elisabeth eut à
subir encore une douloureuse épreuve en
perdant chère sœur Marie du Carmel son
assistante qui, depuis le 8 avril 1842, jour
de son entrée en religion, lui avait donné le
concours le plus utile et le plus dévoué.
Sœur Marie du Carmel, qui s'était particulièrement distinguée dans la direction du
noviciat, direction qu'elle exerça pendant
vingt-cinq ans, joignait à une remarquable
rectitude de jugement, une grande activité,
un grand amour du travail et une humilité
profonde. En 1873, lorsqu'elle fut élue assistante, il ne fallut rien moins que l'ordre for-
mel du Supérieur et de mère Elisabeth pour
la déterminer à accepter une charge qu'elle
était cependant à tous égards si capable et si
digne de remplir.

Aux jours de tristesse se mêlaient cependant aussi quelques jours d'allégresse et il s'en préparait un, retentissant entre tous, celui du cinquantième anniversaire de la vêture religieuse de mère Elisabeth, le jour de la célébration de ses noces d'or.

Le 23 septembre 1878, la grande salle de la communauté se transformait comme par enchantement sous les mains — il serait plus vrai de dire sous le cœur — des bonnes sœurs, car leur cœur plus encore que leurs mains était à l'ouvrage. Sous leurs doigts comme sous ceux d'autant de fées, la nudité des murs disparaissait sous des tentures gracieusement drapées, sillonnées de nombreuses guirlandes de verdure et de fleurs formant des girandoles soutenues par des écussons dorés, chargés de légendes en l'honneur de celle pour qui se préparait la fête.

Un siège richement décoré était dressé sur une estrade élevée et surmontée d'une magnifique couronne de lis et de roses ; une voûte de lanternes vénitiennes éclairait

ce très bel ensemble de lumières aux cou-
leurs multiples.

L'heure venue, un triple rang de religieuses se déploie autour de la vaste salle ;
tous les yeux sont tournés vers la porte ; sept
heures sonnent, la porte s'ouvre et un formi-
dable cri de : « Vive notre mère », s'échappe
de toutes les poitrines. C'est en effet mère
Elisabeth qui, conduite par M. le Supérieur
et par la première assistante, vient prendre
place sur le siège qui l'attend.

Là, la mère vénérée, humble et modeste
comme toujours, émue jusqu'aux larmes,
troublée mais heureuse de l'amour dont elle
est l'objet, écoute, le cœur palpitant, les
harangues chaleureuses que lui adressent sa
communauté bien-aimée et les déléguées
représentant les communautés de Lectoure
et de Portieux. L'amour, la reconnaissance,
l'assurance du plus entier dévouement, le
respect sont déposés à ses pieds sous toutes
les formes ; cantates, odes, compliments,
chœurs en musique, rien n'est oublié.

Tout paraissait terminé, il n'en était rien :

une longue cohorte de petits anges aux ailes
blanches fait irruption dans la salle; un
ange gardien portant une colombe aux ailes
d'or ; l'Enfant Jésus portant une couronne,
un petit saint Jean portant une croix, mar-
chent en tête de la phalange. Ils sont suivis
par quatorze anges portant chacun une colombe sur un rameau vert; par quatorze
autres portant des torches et enfin par quatorze tenant en leurs mains une palme.

Un ange — le plus jeune — se détache
et adresse à mère Elisabeth un gentil petit
compliment; un autre lui offre une violette,
emblème de son humilité ; un autre, une
rose, emblème de son amour maternel. L'ange
gardien s'approche ensuite et offre sa colombe, emblème de la pureté de l'âme de la
mère que tous aiment et vénèrent; le petit
saint Jean lui offre la croix qui conduit au ciel
et l'Enfant Jésus, se hissant sur ses petits
pieds, va poser sur sa tête la couronne qui
l'y attend... Les orphelines, c'est-à-dire tous
ces charmants petits anges se rangent ensuite sur les premiers gradins de l'estrade

qu'elles entourent comme une couronne vivante. M. le Supérieur prononce une allocution très touchante et très applaudie. Mère Elisabeth exprime à son tour en termes émus sa reconnaissance et son bonheur; puis un long cortège se forme et la conduit à la chapelle, où tous les cœurs n'en formant qu'un, vont pour elle adresser à Dieu les plus ferventes prières.

Le lendemain, une longue table réunissait autour de la vénérée mère sa famille tout entière; cantates et chœurs égayaient le repas, la joie était peinte sur tous les visages; une petite pièce jouée par les orphelines était vivement applaudie, et la journée se déroulait dans la plus franche et la plus cordiale allégresse. Puis, la cloche sonnant la prière du soir, tout le monde se rendait à la chapelle où une très solennelle bénédiction du Saint-Sacrement terminait la belle fête des noces d'or de chère et bonne mère Marie-Elisabeth.

Cette joyeuse fête semblait avoir augmenté encore le dévouement de la communauté

pour sa chère mère dont la sollicitude et la
tendresse semblaient également s'être ac-
crues. — Plus que jamais elle se répandait
et se multipliait, mais ses forces secondaient
de moins en moins son bon cœur et sa bonne
volonté ; chaque jour elles diminuaient visiblement. Au mois de juin 1879, une légère
attaque l'atteignit et jeta la consternation
dans tous les cœurs ; elle n'eut heureusement
pas de suites graves et mère Élisabeth put
continuer à pourvoir aux exigences de sa
laborieuse direction.

Elle présida et suivit comme à l'ordinaire
la retraite générale du mois de septembre,
se prodiguant à ses chères filles malgré les
vives instances que toutes mettaient à lui demander de ne pas se refuser le repos qui lui
était nécessaire ; à l'issue de cette retraite
elle fut pour la huitième et dernière fois,
réélue supérieure générale.

Le lendemain eut lieu le pèlerinage tradi-
tionnel à Notre-Dame du Laus ; mère Élisabeth ne put s'y rendre qu'en voiture. Jamais sa piété envers la Vierge ne s'y était

manifestée d'une manière aussi céleste; il fallut presque l'arracher du sanctuaire. Laissez-moi encore un peu, disait-elle, j'ai encore bien des choses à dire à la Bonne Mère; ne faut-il pas que je vous recommande toutes à sa tendresse?

A son retour, elle sentit les atteintes d'une nouvelle attaque, heureusement légère encore, mais quelle effrayante menace!

L'hiver de 1880 se passa dans la tristesse et dans les préoccupations; le printemps en ramenant un peu d'amélioration dans l'état de la chère mère, ramena un peu de confiance dans la communauté. Mais à peine une lueur de joie semblait-elle vouloir renaître que la mort de chère sœur Marie-Ephrem vint douloureusement l'éteindre. Mère Élisabeth ressentit bien vivement cette nouvelle perte qui lui enlevait du même coup une amie tendrement affectionnée et une collaboratrice du plus grand mérite. Sœur Marie-Ephrem avait successivement rempli avec autant de distinction que de dévouement les emplois de directrice du pensionnat, de secrétaire et d'assistante. Le 17 août 1880 elle s'éteignit saintement dans un calme angélique, laissant en larmes la communauté tout entière qui, pendant trente-trois ans, avait reçu d'elle l'exemple de tous les dévouements et de toutes les vertus.

Mère Élisabeth sentait ses forces l'abandonner de plus en plus; elle ne se faisait aucune illusion à cet égard, et pressentant sa fin prochaine, elle voulut absolument, par un suprême effort, consacrer ce qui lui en restait à aller porter à Lectoure et à Beauvoir les derniers témoignages de sa maternelle affection; elle partit aussitôt après la clôture de la retraite. Il serait superflu de dire qu'elle fut accueillie avec les plus grandes marques de la plus vive et de la plus profonde tendresse. La maison de Lectoure voulut, elle aussi, célébrer les noces d'or de sa mère bien-aimée; à Beauvoir on lui souhaita sa fête par anticipation[1], et la sainte

---

[1] La maison de Beauvoir avait précédemment aussi fêté avec beaucoup d'éclat les noces d'or de mère Élisabeth. Cette fête avait eu lieu à l'issue de la retraite générale de 1878.

14

femme, tout heureuse d'avoir pu accomplir son dessein, rentra le 15 octobre au milieu de ses chères filles qui la reçurent avec une joie dont les transports furent aussi grands qu'avait été cruelle leur anxiété pendant son absence.

Au mois de mars suivant, la chère mère fut prise d'une fluxion de poitrine ; prières et soins parvinrent à conjurer cette nouvelle et redoutable épreuve ; la chère malade en triompha, mais hélas ! bien imparfaitement ; sa robuste constitution était vaincue et dès ce moment le déclin s'accentua chaque jour da-vantage. Le seul exercice qu'il lui fût possible de faire consistait en une promenade en petite voiture à bras, autour de l'enclos ou du nou-veau couvent, alors très avancé. Ah ! disait-elle, les yeux pleins de larmes, que de larmes ces murs ont fait et feront verser encore !

La pauvre femme ne disait que trop vrai. On se souvient qu'en acquérant l'îlot de ma-sures formé par les rues des Tisserands et des Travailleurs, en vue de l'agrandissement des bâtiments conventuels, le P. Lagier

passa avec la ville un acte énonçant le but de
l'acquisition et portant que les constructions
projetées seraient élevées en façade sur la rue
Orientale et sur le cours Barthelaïs ou de la
Liberté. Le P. Lagier n'était plus là lorsque
l'abandon de ses plans fut décidé et lorsque
furent commencées les constructions nouvelles. L'engagement ci-dessus énoncé,
n'ayant pu lui donner la moindre préoccupation, puisqu'il se confondait avec ses propres
projets, il n'avait pas eu à s'y arrêter, de
telle sorte que cette clause, alors dénuée de
tout intérêt, n'attira jamais son attention et
demeura ignorée de mère Élisabeth jusqu'au
18 juillet 1878, jour où la ville en réclama
l'exécution.

La communauté fut atterrée par cette demande ; engagée, à raison du nouvel édifice,
dans d'énormes dépenses qui dépassaient
toutes les prévisions, l'obligation d'entreprendre encore de nouvelles constructions
tout aussi dispendieuses, c'était la ruine, la
mort peut-être. Mère Élisabeth ne déclina
pas toutefois l'exécution de l'engagement,

mais elle exposa respectueusement à la municipalité combien cette exécution était à la fois peu urgente pour l'une des parties, inopportune et onéreuse pour l'autre, et elle implora instamment un délai suffisant. Les négociations sur ce point suivaient leur cours, lorsque la pauvre malade, étendue dans son fauteuil roulant, pleurait chaque jour sur le lendemain.

Elle ne devait pas voir ce lendemain tant redouté ; quelle part cette cruelle amertume a-t-elle eue dans sa mort, Dieu seul le sait, mais elle doit avoir été bien grande[1] !

Ainsi s'éteignait peu à peu cette mère bien-aimée ; ses petites promenades ne tar-

---

[1] Le délai sollicité, déféré à l'appréciation de la justice, a été déterminé par un jugement du 28 février 1881. La mise en vente des terrains à bâtir fut tentée en vain, force fut donc de mettre la main à l'œuvre. Alors s'éleva une grave question, celle de la destination à donner aux constructions exigées ; malheureusement la réponse était imposée par la plus inexorable nécessité : il fallait bâtir une maison susceptible de produits, afin de pouvoir faire face d'autant au service des emprunts et aux garanties hypothécaires exigées pour les contracter. Telle est l'origine de l'édifice, objet de bien des récriminations injustes, car la chaux qui en relie les pierres a été détrempée avec des larmes.

dèrent même pas à ne plus être possibles.
Retirée alors dans sa chambre, assise sur un
fauteuil, supportant ses souffrances avec une
admirable résignation, elle passait la plus
grande partie de ses journées tenant un crucifix dans l'une de ses mains, et de l'autre
bénissant ses chères enfants qui venaient
tour à tour s'agenouiller à ses pieds.

Sa grande douleur était de ne plus pouvoir aller à l'autel recevoir l'hostie sainte,
mais le Seigneur bien-aimé, vers lequel elle
avait si souvent porté ses pas, venait à son
tour presque chaque jour à elle; c'est après
l'avoir reçu une dernière fois que le 5 juillet 1881, à 6 h. 1/2 du soir, entourée de ses
chères filles en pleurs, elle rendit paisiblement son dernier soupir.

Nous n'essaierons pas de décrire la douleur déchirante de toute la Communauté ; les
pauvres sœurs se jetaient dans les bras les
unes des autres en pleurant ; se rendaient
alternativement, dans le trouble d'une profonde douleur, de la chambre mortuaire à
la chapelle, de la chapelle à leur Mère endor-

mie pour toujours, s'agenouillant devant elle,
glissant sous ses vêtements de petits papiers
confidents de leurs vœux les plus chers, de
leurs prières les plus ferventes, confondant
à ses pieds larmes amères, pieux souvenirs,
célestes espérances.

Déposée sur un lit couvert de fleurs et de
couronnes, la vénérée Mère fut descendue à
la chapelle qui seule pouvait donner accès à
la foule qui se pressait pour la saluer une
dernière fois. Son visage était radieux comme
si elle n'eût été qu'endormie dans un rêve
séraphique; aussi ne pouvait-on, en s'appro-
chant d'elle, se défendre de la crainte de la
réveiller.

Une foule considérable accompagna jusqu'à sa dernière demeure celle qui s'était
montrée toujours si bonne et si compatissante
pour tous, et bien des sanglots ne purent
être contenus lorsque le précieux cercueil
prit place dans la terre.

Il restait à adresser au nom de tous un
dernier adieu à la chère morte; une voix
qu'elle avait bien connue, qui bien souvent

lui avait témoigné respectueuse affection, vénération profonde, le lui exprima en ces termes :

« Messieurs,

« Après une longue et laborieuse carrière entièrement consacrée au bien, la vénérable Supérieure générale de la Congrégation des Sœurs de la Providence s'est endormie pour toujours dans la paix du Seigneur.

« Au bord de cette tombe dans laquelle nous venons de la déposer pour le repos éternel, il n'entre point dans ma pensée de rappeler quelle fut sa vie remplie par la vertu, par toutes les vertus. Il est des mérites, il est des gloires dont la récompense est au ciel et non sur la terre ; il est, comme celle de mère Marie-Élisabeth, des existences si pures, si pieuses, si humbles, si dévouées, si parfaites, si saintes, qu'on ne saurait les louer autrement qu'en fléchissant les genoux devant elles, dans le silence et dans le respect.

« Oh ! non, vénérable Mère, je ne porterai

aucune atteinte à votre humilité, celle de
toutes vos vertus qui vous fut toujours la
plus chère ; je ne dirai pas les traits sans
nombre de votre inépuisable bonté pour les
autres, de votre extrême rigueur pour vous-
même ; mais vous souffrirez qu'au nom de
tous ceux que vous avez assistés et secourus
dans les peines, qu'au nom de la cité entière,
je dépose sur votre cercueil un témoignage
public de douleur, de respect et de reconnaissance.

« Il en est bien peu, en effet, parmi nous,
qui déjà n'aient connu la maladie et la souf-
france ; il en est bien peu, hélas ! qui en
pénétrant dans cette silencieuse enceinte ne
puissent dire : Là repose mon père, là ma
mère, là mon enfant, là mon ami ! Et il n'est
personne qui ne se souvienne de la bienfaisante assistance, des soins infinis, minutieux,
dévoués, que prodiguèrent à tous, ces nobles
et saintes filles dont vous fûtes la directrice
et le modèle.

« Et parmi nous, les survivants, qui por-
tons au cœur de si profondes et de si larges

blessures, qui de nous ne se souvient des apaisements que vous apportiez à notre douleur par les douces paroles de votre touchante bonté, par votre piété profonde et par cette indéfinissable auréole de foi qui rayonnait à votre front lorsque vous nous montriez du doigt le ciel où on se retrouve?

« Soyez donc bénie, ô bonne et vénérable Mère, pour tout le bien que vous nous avez fait, et recevez nos suprêmes adieux.

« Mais non, dire adieu, c'est parler le langage de la terre, et ce langage ne peut plus frapper votre oreille ; pour que notre voix parvienne jusqu'à vous, c'est désormais vers le ciel qu'il nous la faut élever dans une prière :

« O sainte mère Marie–Élisabeth, que tous nous avons connue, aimée et vénérée sur la terre, souvenez-vous de nous et priez pour nous dans le ciel ! »

Et maintenant, ouvrons avec respect le cahier sur lequel mère Élisabeth se plaisait à déposer ses pensées les plus chères ; écoutons-la se parlant à elle-même, et détachons çà et là quelques lignes de ces pages intimes :

Je fais ma retraite seule avec Dieu seul !. . la retraite est tout à la fois une œuvre de réparation et une œuvre d'union : réparation de tout, union entière avec Dieu.

Dans chaque retraite ayons pour but de réparer le passé, de profiter du présent, de nous prémunir contre l'avenir.

Veut-on acquérir une vertu ? qu'on s'y exerce sans trêve ni repos.

Ayons à cœur, et que ce soit notre vœu le plus cher, de servir Dieu par choix, par préférence et pour Lui seul. La religieuse doit avoir des vues plus grandes que celles d'éviter l'enfer et de gagner le ciel.

Demandons-nous souvent : Jésus-Christ aurait-il fait ce que je fais et comme je le fais ? Aurait-il pensé ce que je pense ? Ainsi nous nous rapprocherons constamment de Lui, nous agirons pour Lui et avec Lui.

Ah mon Dieu ! quel désir j'éprouve de n'agir ni par caprice, ni par humeur, ni pour quoi que ce soit, mais pour vous seul en union avec Jésus et Marie.

Je ne veux fréquenter le monde que par nécessité, pour me rendre utile, jamais par goût.

L'humilité est nécessaire pour avancer dans la

vertu ; elle est nécessaire pour persévérer jusqu'à la fin, elle est la base de toute vertu solide.

Une religieuse est sainte dans la mesure de son humilité.

Je sens toute mon insuffisance : c'est pourquoi j'ai besoin de communier afin que Notre-Seigneur agisse en moi et par moi.

Demandons souvent à Dieu d'être à la peine pour Lui et à cause de Lui.

Demandons souvent à Notre-Seigneur de faire que nos intentions se rencontrent avec les siennes.

Oh ! que de violence j'ai à me faire pour vaincre ma vivacité et ne pas reprendre sur-le-champ quand je vois faire quelque faute, afin de le faire avec plus de calme et plus de fruits... Et cependant, mon Dieu, je veux y arriver.

La religieuse fervente est heureuse, elle trouve son bonheur à souffrir, à être humiliée, à être reprise de ses défauts... la religieuse tiède se tourmente de tout.

L'important n'est pas de faire des pénitences mais de faire son devoir.

Faites en solitude ce que vous faites en communauté.

Ne mettons notre bonheur que dans l'accomplissement de la volonté de Dieu.

Plus nous serons unies à Dieu, plus nous serons utiles aux autres.

Sanctifiez bien toutes vos souffrances et offrez-les en union avec celles de Notre-Seigneur.

Si on perdait le livre de la Règle, il faudrait, pour le refaire, qu'on n'eût qu'à écrire exactement l'emploi de la journée d'une sœur.

Prenons garde qu'après une vie bien occupée, nous n'arrivions devant Dieu les mains vides.

Moins vous vous rechercherez, plus vous trouverez Dieu, car on ne vit en Lui qu'en mourant à soi-même.

Je verrai les sœurs en particulier depuis la messe jusqu'au déjeuner. Pendant ce temps je ne m'occuperai point de choses extérieures; je me tiendrai en la sainte présence de Dieu et je prierai intérieurement Notre-Seigneur et la très sainte Vierge de m'inspirer, de me dicter les conseils que j'aurai à donner à mes sœurs. Je renoncerai bien à mes propres lumières, je consulterai souvent, afin de bien diriger les sœurs selon Dieu.

Pendant la messe je m'unirai au prêtre et à Notre-Seigneur, et je m'offrirai aussi au Père Éternel pour le salut du monde.

Déjeuner avec la Communauté. Prendre ma nourriture en présence de la sainte Famille et en union avec elle, toujours dans l'intention d'employer toutes mes forces au bien de ma Congrégation.

8 heures 1/2. Correspondance jusqu'à 10 heures. Ne jamais laisser attendre une réponse par ma faute surtout lorsqu'il s'agit du bien spirituel des sœurs.

10 heures. Visites aux classes du noviciat, et à

la cuisine, aux divers emplois, surtout aux malades : laisser à celles qui souffrent une bonne parole
qui les aide à sanctifier leur journée ; s'il faut
parler pour corriger des abus, le faire toujours à
voix basse.

10 heures 1/4. Faire mon examen particulier,
noter mes fautes et m'imposer une pénitence.

Dîner, récréation avec la Communauté ; me souvenir que plus les récréations seront prises avec
une religieuse gaîté, plus les exercices seront faits
avec ardeur et ferveur.

Je serai exacte à me rendre aux appels de la
cloche ; si je suis avec des sœurs ou avec des personnes du monde je prendrai congé à moins que
les convenances ne me le permettent pas, ou à moins
que je sois avec les malades ; pour les malades je
quitterai tout.

1 heure. Vêpres avec la Communauté, ensuite
visite des malades.

2 heures. Direction et correspondance jusqu'à
4 heures.

4 heures. Étude de mes devoirs de religieuse et
de supérieure, pour la bonne direction des âmes et
cela pour la gloire de Dieu, le salut des âmes et
jamais pour ma propre satisfaction.

5 heures. Lecture spirituelle ; je supplierai Notre-
Seigneur de m'éclairer afin de bien comprendre ce
que je lirai.

5 heures 1/2. Souper. A table, je serai toujours
recueillie ; je pratiquerai quelque mortification en

prenant de préférence les mets que je n'aime pas ;
je serai très sobre.

Récréation avec la communauté, comme à midi ;
je m'entretiendrai des prétendantes et des élèves
avec leurs maîtresses respectives.

7 heures. Chapelet. Mon chapelet sera suivi de
l'examen de la journée. Je suppléerai à ce que j'ai
omis.

8 heures. Visite des malades.

8 heures 1/2. Prière, préparation du sujet de
l'oraison.

9 heures. Coucher en silence ; me recommander
et recommander toute la Communauté à Notre-
Seigneur et à sa sainte Mère, les prier de garder
toutes mes sœurs pendant la nuit ; penser à la mort
et m'endormir dans les dispositions où je voudrais
être quand elle me frappera.

Les dernières paroles prononcées sur la
tombe de mère Marie-Elisabeth n'étaient
pas la vaine expression d'un banal hommage ;
c'est bien à de telles âmes que sont réser-
vées : la vénération sur la terre, une couronne dans le ciel.

FIN

TABLE DES MATIÈRES

FIN DE LA TABLE DES MATIÈRES

LYON. — IMPRIMERIE PITRAT AÎNÉ, 4, RUE GENTIL.

www.ingramcontent.com/pod-product-compliance
Lightning Source LLC
Chambersburg PA
CBHW061440030726
47503CB00005B/1503